KB040104

여행이거나 관광이거나

여행이거나 관광이거나

ⓒ김성일 2022

초판 1쇄 발행   2022년 7월 25일

지은이   김성일
펴낸곳   도서출판 가쎄 [제 302-2005-00062호]
주소   서울 용산구 이촌로 224, 609
전화   070. 7553. 1783 / 팩스 02. 749. 6911
인쇄   정민문화사

ISBN   979-11-91192-64-3   03810

값   16,800원

홈페이지   www.gasse.co.kr
대표메일   berlin@gasse.co.kr

여행이거나 관광이거나

글·사진 김성일

gasse•가쎄

작가의 말

1987년 행정고시로 공직을 시작해 문화체육관광부에서 줄곧 근무했다. 코로나19가 한창이던 2020년 봄 어느 날 청춘을 바친 공직 생활을 마치고 나왔다. 산사에서 사흘을 보내면서 숨 가쁘게 달려온 자신을 천천히 돌아보았다. 소중한 것들을 생각하며 새로운 인생을 살고 싶어졌다.

이제 날마다 여행을 떠나는 마음으로 하루를 시작한다. 민간 관광 분야에서 일하는 것도 또 다른 보람과 활력을 준다. '브런치'에 여행과 일상에 관한 글을 쓰기 시작하면서 산다는 게 결국 자신과 세상으로의 여행이란 걸 느낀다. 흔히 인생은 한 번뿐인 여행이라고도 하지 않던가.

긴 여행길에서 우리는 낯선 세상을 만나고 수많은 사람과 스친다. 평생 잊을 수 없는 빛나는 순간을 만나기도 한다. 살다가 문득 돌아보니 여행이 인생이고 인생이 바로 여행이었던 그런 순간을 글에 담아봤다. 마음 한편에 숨어 있던 개인적인 이야기들이 세상에 나왔다. 알고 보면 누구나 인생에서 만나게 되는 것들에 관한 이야기다. 함께 공감할 부분이 조금이라도 있다면 더할 나위 없겠다.

코로나 시대를 건너면서 더는 여행과 일상의 경계가 뚜렷하지 않다는 걸 안다. 출근하거나 친구를 만나러 집 밖을 나서는 순간, 이미 여행은 시작된 것이다. 그렇다면 반복되는 일상을 매일 여행 떠나는 기분으로 살면 되지 않을까. 바로 그런 방법들을 여러 가지 떠올려봤다. 하루를 보다 의미 있게, 삶을 풍요롭고 밀도 있게 살아가는 '일상 여행자'의 모습은 그리 먼 곳에 있지 않았다.

누구나 자유롭게 떠나는 여행은 관광이 되고 산업이 된다. 여행은 가깝고 친근하지만, 관광은 왠지 재미없는 구경꾼의 것이라는 인식도 있다. 하지만 여행이 동네 골목과 방방곡곡에서 이루어지면 지역 경제를 살리고 우리가 사는 공동체에 활기를 불어넣을 수 있다. 바로 관광과 산업이 중요한 이유다. 훌쩍 떠나는 여행이 어떻게 산업적 의미가 담긴 관광이 되는지를 함께 살펴봤다.

일상이 멈춘 거리두기의 기간은 우리에게 뜻밖에도 선물 같은 시간이 아니었나 싶다. 유례없는 고난의 강을 건너면서 우리는 자신과 타자, 사람과 세상을 찬찬히 돌아보는 경험을 했다. 무엇이 소중한지를 새삼 깨달은 치유와 성찰의 기회가 됐다.

오늘도 여행을 떠나는 마음으로 하루를 시작한다. 이제는 일상 속으로 길 떠나는 시간이 바로 축복이고 행복임을 실감한다. 지금 이 순간 함께 하는 모든 것이 참 정겹고 고맙다.

김성일

목차

3부. 여행은 일상이다

4부. 여행은 관광이다

1부

여행은 발견이다

여행의 이유 5가지

여행의 이유는 차고 넘친다. 여행은 인간의 본능적인 행위인 이동에서 시작되기 때문이다. 어딘가로 이동하는 건 어딘가로 여행하는 것과 다르지 않다. 설혹 뚜렷한 목적이나 이유가 없더라도 그들의 여정은 어떻게든 흔적을 남기고 여운이 길게 이어지기도 한다. 어떤 순간은 고난과 시련이지만, 어떤 장면은 인생의 아름다운 추억이 된다. 여행은 너무나 인간적이다.

긴 인생을 살면서 누구나 여행을 한다. 나도 크고 작은 여행길에 올랐다. 내 인생의 여행, 여행하는 이유를 돌아본다.

1. 자유

여행이 주는 최고의 선물은 자유가 아닐까. 답답한 현실로부터의 탈출 말이다. 집안일은 해도 해도 끝이 없고, 출근하면 처리해야 할 업무와 일정, 보고와 회의가 계속된다. 그런 하루가 반복된다면 지치고 무기력해지기 쉽다. 삶이 지리멸렬해지는 순간이다.

그럴 때 우리에겐 변화가 필요하다. 도돌이표 같은 일상에서 바람 부는 세상으로 휘리릭 사라지는 것이다. 가정이나 회사가 내게

준 역할일랑 잠시 잊고 자유인으로 지내보자. 혼자라도 좋다. 누구의 지시나 잔소리 없이 모든 건 스스로 결정한다. 본캐는 잊고 부캐로, 섬바디가 아니라 노바디로, 또 다른 나를 맘껏 즐겨보는 것이다.

직장생활 10년 차에 나는 에너지가 바닥나는 듯한 느낌이 들었다. 뭔가 끊임없이 소모되는 기분, 위기의 순간이었다. 다행히 해외에서 연수할 기회가 생겼다. 그 2년은 내겐 꿈같은 휴식이자 일상의 의무에서 벗어나는 자유의 시기였다. 조직은 나 하나 없어도 돌아가지만 내 인생의 주인공은 나 아닌가. 나는 자유를 만끽했다.

2. 발견

여행은 발견이다. 새롭게 세상을 바라보는 것이다. 낯설고 이국
적인 세계로의 여행은 설렘과 호기심을 부른다. 눈과 귀는 미
지의 풍경에 열리고 색다른 체험의 마법에 빠진다. 여행이 끝날
때면 우리는 집을 나설 때와는 다른 사람이 되어 돌아온다. 이
미 알고 있던 것의 의미가 사뭇 달라지고, 익숙한 것에서도 특
별한 가치를 느끼게 된다. 집과 일상, 늘 보던 사람도 예전과 같
지 않다.

코로나 시국은 우리에게 유례없는 고난의 시기였다. 그간 숱하게 들었던 '이동 자제령, 여행 금지령'은 우리에게 뜻하지 않은 성찰의 시간을 주었다. 잠깐씩 콧바람을 쐬며 여행하던 우리의 일상은 어느 순간 멈추고, 자연스레 자신과 대면하는 날이 많아졌다. 가족과 친구, 일상과 여행이 우리에게 얼마나 소중한지 새삼 되새겨보게 된 것이다.

코로나라는 길고 어두운 터널을 지나며 조심스럽게 한 여행이 떠오른다. 동해 두타산의 적막한 무릉계곡을 따라 고즈넉한 숲길을 걸었다. 울진의 망양정 정자에선 시원하게 트인 아득한 바다를 보며 깜박 시간을 잊었다. 2022년 봄에는 제주에서 뚜벅이 여행을 했다. 핫플을 점찍듯이 이동하는 게 아니라 길과 풍경을 따라가며 눈앞의 순간을 천천히 음미했다. 찐 여행의 의미, 공간이 주는 휴식과 치유, 취향의 신세계를 만났다. 가까운 곳에서 뜻밖에 새로운 눈을 얻은 선물 같은 여행이었다. 우리나라 방방곡곡이 이렇게 아름답고 매력적이란 걸 새삼 느꼈다.

3. 인생의 고양

여행은 인생이 고양되는 충만감을 준다. 내 속이 뭔가로 채워지고 삶의 밀도가 높아지는 그런 느낌 말이다. 어떤 여행은 인생을 송두리째 바꾸기도 한다. 체 게바라의 <모터사이클 다이어리>가 그랬다. 23세 아르헨티나의 평범한 천식 환자 의대생은 어느 날 낡은 오토바이를 끌고 여행에 나선다. 남미의 척박한 현실과 길바닥으로 내몰린 이들의 삶을 직시하면서 8개월 뒤에는 혁명가로서 눈을 뜬다. 진정한 자신을 찾은 여행이 아닐까.

여행은 우리 인생에 영향을 미친다. 낯선 여행지에서 잊을 수 없이 생생한, 뜻밖의 순간을 만난다. 거기서 스쳐 간 사람들의 정겨운 눈빛과 손길을 마음 한켠에 오래 담아두기도 한다. 세월이 한참 흘러도 기억 속에 각인된 그런 장면들은 힘든 순간 우리를 어루만진다.

20여 년 전 여행한 영국의 북부 고원지대인 스코틀랜드는 평생 잊을 수 없다. 끝없이 펼쳐진 황량하고 스산한 풍경 앞에 나는 홀연 숨을 멈췄다. 흐르는 시간이 일순, 고정된 장면이다. 인생이 고단할 때면 나는 늘 거기 그 순간으로 돌아가곤 한다. 2020년 5월 어느 날은 공주의 갑사에서 혼자 이틀 밤을 보내고 계룡산에 올랐다. 때로는 고독을 지켜낸 시간이 사람을 성장으로 이끈다. 나는 브런치에 글을 쓰며 새로운 인생을 시작했다.

4. 배움과 세계의 확장

여행은 배우는 것이다. 세상에 관한 흥미롭고 도전적인 공부다. 이를 통해 우리는 이전엔 몰랐던 데 눈을 뜨고 자신의 세계가 확장하는 경험을 하게 된다. 인류 역사에서 인간의 호기심과 탐험 욕구를 자극한 건 '독서와 여행'이다. 그중에서도 여행이야말로 살아 있는 공부가 아닐까.

2년간의 해외 연수는 내게 인생 공부의 그랜드 투어였다. 여행하는 곳마다 박물관과 미술관을 우선 들렀다. 고흐와 렘브란트,

모네와 피카소를 만났다. 헝가리와 체코에서는 주변 강대국의 위협 속에서 그들의 강렬한 민족정기가 표현된 그림과 운명처럼 마주쳤다.

나중에 멕시코에서 뜨거운 기운이 비슷한 거대한 벽화를 만났다. 1920년대에 국가의 통일을 기원하며 리베라, 오로스코 등 예술가들이 참여한 문화운동의 현장이었다. 약소국 국민이 느낀 동병상련이랄까. 예술작품 앞에서 여행자의 가슴은 뭉클해졌다.

그 뒤 업무상 해외에 나갈 때면 다양한 종교 문화의 현장을 눈여겨봤다. 이스라엘에 출장 갔을 땐 골고다 언덕, 베들레헴 같은 기독교 성지를 돌아보는 행운도 따랐다. 스페인 남부와 터키, 인도의 타지마할과 중앙아시아에서 확인한 이슬람 문명은 독특하고 이질적인 데가 있었다. 여러 종교를 만날수록 한 가지 근본정신은 닮았다는 걸 실감하게 된다. 신 앞에 자신을 낮추고 평화를 추구한다는 점이다.

5. 휴식

여행의 진짜 이유는 단연 휴식이다. 일상의 공간을 벗어난 낯선 여행지라면 나를 둘러싼 현실을 잊기에도 좋다. 이제 사람들은 행복이 자잘한 기쁨과 만족에서 온다는 걸 안다. 모든 고민과 일거리를 내려놓고 지금, 이 순간을 바라보며 쉬고 즐기는 것이다. 시간을 붙잡는 이런 기술이야말로 인생의 만족감을 한층 높이는 방법이다.

휴식을 위한 여행이라면 되도록 한곳에 오래 머무는 걸 추천한다. 명소를 계속 찾아다니는 건 여행이라기보다 관광이다. 나는 종종 템플스테이를 한다. 도심을 떠나 깊은 산속의 사찰이면 딱이다. 나를 잊고 세상을 잊으며, 무아지경의 멍때리기에 어울리는 곳이니까. 맑고 청량한 공기를 마시며 숲길을 천천히 거닐어 보자. 평소 여행을 할 때도 가능하면 한곳에서 이틀 이상 머무는 걸 선호한다. 길 따라 계속 움직이는 것보다는 한곳에 오래 머무는 게 깊은 휴식에 더 적절하다.

여행에 대한 이유와 동경은 지극히 인간적이다. 여행은 인생에 대한 비유라고도 말한다. 날마다 출퇴근하고 어딘가로 이동하는 것만큼이나, '여행하는 인생'도 멀리 있지 않다. 일상과 여행의 경계가 차츰 사라지고 있기 때문이다. 생활 속에서 소소한 여행의 기쁨을 자주 느낄 수 있다면 행복감은 더욱 높아질 것이다. 여행은 '지금 여기서 행복해지는 것'이니까 말이다. 여행의 이유를 애써 고민할 필요는 없다. 일단 떠나 보자.

여행은 인생 자본이다
- 길에서 만난 내 인생의 빛나는 순간들

2000년 5월에 유럽 대륙으로 자동차 여행을 했다. 영국에서 차를 배에 싣고 네덜란드에 상륙하여 독일, 체코와 동유럽을 거쳐 오스트리아, 스위스까지 이어졌다. 2주간의 길지 않은 여정이었지만 내 인생에 빛나는 점으로 남아 있는 여행이다.

그때가 서른여덟 살. 직장인 13년 차의 권태기였다. 1987년에 광화문에서 시작한 사회생활, 날마다 반복되는 그저 그런 일상과 어둠이 내리면 시작하는 야간 비즈니스(음주가무)에 세월은 속절없이 흘렀다. 그렇게 삶이 바닥을 치는 느낌에 사로잡혔을 때 해외 연수는 내게 탈출구였고 인생의 클라이맥스였다. 아우토반을 고속 주행할 때 내 안에서 폭발하는 엔도르핀은 말로 표현할 수 없었다. 줄곧 범생이로 살았던 내게도 '머리털이 쭈뼛 서는' 속도의 광기가 있다는 걸 처음 알았다.

여행은 자유 자체였다. 인터넷이 초기 시절이라 전화로 예약한 유스호스텔을 찾아 지도를 뒤적이고 길을 헤매는 것도 지나고 보니 추억이었다. 저녁 늦게야 겨우 찾은 프라하 외곽의 숙소는 좀비가 나올 듯이 낡고 음산해서 서둘러 시내 쪽의 중저가 호텔로 옮겨야 했다. 거기서 눈이 예쁜 금발 여인을 만났다. 국제영화제가 매년 열리는 도시인 카를로비 바리가 고향이라고 했다. 예전에 영화 관련 업무를 담당할 때 귀에 익은 도시 이름이었다. 우리는 황금색이 빛나는 맥주 필스너를 마시며 아름다운 나라 체코를 얘기했다. 한 달 후에 우리는 영국에서 보기로 했지만, 어쩌다 보니 다시 만나지는 못했다.

독일의 작가이자 컨설턴트인 도리스 메르틴의 <아비투스>(2020)는 부와 성공의 이면에는 '아비투스(habitus)'가 있다고 말한다. 아비투스는 습관보다 강한 무의식적 성향이다. 몸과 마음에 체화되어 별생각 없이 바로 실천하는 행동 양식과 태도를 의미한다. 자기도 모르게 불쑥 튀어나오는 무의식적인 행동 같은 것이다.

아비투스는 본래 프랑스의 철학자 피에르 부르디외(Pierre Bourdieu, 1930~2002)가 문화와 계급 간의 관계를 설명하면서 사용한 개념이다. 부르디외는 <구별 짓기>(1979)에서 상류층, 중산층, 하류층의 전형적인 생활방식과 취향이 출신성분과 교육이라는 성장 과정을 통해 대물림된다고 보았다. 그리고 경제적인 자본만이 아니라 문화자본과 사회자본이 중요하다고 말한다. 메르틴은 여기에 심리, 지식, 신체, 언어를 추가하여 일곱 가지 자본을 강조한다. 인생 성공전략의 요체인 이런 자본을 통해 아비투스는 한 인간의 성공과 차별화, 권력과 품격을 만들어낸다는 것이다.

어부들은 잡은 게를 뚜껑이 없는 바구니에 담아둔다고 한다. 게는 바구니에서 쉽게 탈출할 수 있다. 기어오르는 동료를 다른 게들이 끄집어 내리지만 않는다면 말이다. 심리학에서 말하는 '크랩 멘탈리티'다. 남들이 성공하는 모습을 눈 뜨고 보지 못하는 것이다. 악성 댓글자들의 상당수는 이런 심리가 있다고 한다. 끌어내려서 모두가 하향 평준화할 것인가, 어제보다 새로운 오늘을 만들 것인가.

아비투스는 굳어진 습관이 아니다. 결코 바위에 새겨진 것이 아니다. 부르디외가 말한 것처럼 "아비투스는 새로운 경험을 통해 끊임없이 변한다." 부르디외 자신이 최고의 사례다. 그는 1930년대 스페인과의 경계인 피레네 산악지대에서 태어난 흙수저 출신이다. 우리 같으면 문경새재나 한계령 어디쯤의 두메산골이 아닐까. 할아버지는 농부였고 아버지는 우편배달부였다. 청운의 꿈을 품고 파리로 나와 세계 최고로 꼽히는 고등교육기관인 콜레주 드 프랑스의 교수로 재직하며 '행동하는 지식인'으로 불렸다.

우리의 삶을 풍부하게 만드는 데 여행이 빠질 수 없다. 역사를 돌아보면 르네상스 시기인 15세기가 지나면서 인간에게 가장 강력한 자극제는 '독서와 여행'이라는 인식이 높아졌다. 호기심 가득한 여행자는 세계의 탐험가로 나서고 역사의 개척자가 되었다. 콜럼버스를 비롯한 바다의 벤처 사업가들은 새로운 항로를 향하여 깃발을 높이 올렸다. 세상은 넓은 배움터이고 투자의 황금 콩밭이었다.

바야흐로 그랜드 투어의 시대가 다가오고 있었다. 교육을 위해 여행이 필요하다는 인식이 퍼졌다. 변방의 섬나라 영국에서 바람이 일었다. 1588년 스페인의 무적함대를 격파하고 1688년 명예혁명을 거치며 영국은 점차 정치적·경제적 안정의 기틀을 다졌다. 신흥 강국으로 부상했지만 그들의 문화적 열등감은 심했다.

찬란한 그리스·로마 문명을 간직한 이탈리아, 화려한 궁정 문화를 꽃피운 프랑스를 직접 보고 배우기 위해 수많은 젊은이가 도버해협을 건너 긴 여행을 떠나기 시작했다. 유럽 대륙을 향한 그랜드 투어의 행렬이었다. <로마제국쇠망사>(1776~1788)로 유명한 에드워드 기번은 하인을 포함해 4만 명 이상의 영국인이 유럽을 여행하고 있다고 썼다. 애덤 스미스, 존 로크, 토머스 홉스 등은 동행 교사로 참여했다. (설혜심, <그랜드투어>(2013) 참조.)

18세기가 되면서 그랜드 투어는 유럽의 엘리트들 사이에 자신을 성장시키는 통과의례로 여겨졌다. 독일의 문호 괴테 가문은 아버지부터 3대가 이탈리아 기행을 했다. 러시아의 표트르 대제는 왕자 시절 신분을 감추고 영국과 네덜란드의 선진 문물 견학을 통해 러시아 서구화의 그랜드 플랜을 설계한다.

2000년 밀레니엄 시기 영국에서 보낸 2년간의 연수는 내게 그랜드 투어였다. 나는 인생을 보는 특별한 눈을 얻었다. 두 눈만이 아니라 비로소 마음의 눈, 인식의 지평, 세계의 확장이 무엇인지를 느꼈다. 새로운 문화, 새로운 세계는 나를 매혹하였다.

그 충만감은 단연 여행을 통해서였다. 열여섯 개의 호수가 파노라마처럼 펼쳐지는 아름다운 레이크 디스트릭트(Lake District),

동화같이 예쁜 영국의 시골 마을 코츠월드(Cotswolds)는 이국의 정취를 실감하게 했다. 거친 기후가 빚어낸 스코틀랜드의 황량한 자연미는 영화 <브레이브 하트>에서 윌리엄 월레스의 푸른 심장이 자유를 위해 포효하던 그 들판이었다. 또한 인간의 어두운 욕망이 광기와 분열 속에서 덧없이 스러지는 <맥베스>의 무대가 된다.

한니발의 나라 카르타고의 후신인 튀니지를 찾았을 때는 세월이 만든 역사의 흔적이 스산하게 다가왔다. 로마와 지중해의 패권을 겨루던 선조의 영광은 세계사의 한 페이지 속에서 '스토리텔링'으로 남아 관광객들에게 소비되고 있었다. 곳곳에 리조트가 즐비한 튀니지는 이제 유럽인들이 사랑하는 겨울 휴양지였다.

유럽 대륙을 여행할 때도 스치는 풍경은 비슷해 보였지만, 그들의 다채로운 문화는 가는 곳마다 형형색색으로 빛을 발하고 있었다. 내게는 평생을 함께 갈 인생의 자산이자 보물이었다. 헝가리의 미술관에서는 18~19세기 주변 열강의 틈바구니에서 고통받는 민족을 일깨우는 그들의 강렬하고 웅혼한 예술 표현에 푹 빠졌다. 미술관을 나온 후에도 나는 한참 동안 꿈속 같은 시간에 머물렀다. 헝가리는 우리와 같은 우랄 알타이어족으로 성을 이름 앞에 표기한다. 육개장과 비슷한 '굴라쉬'라는 전통 스튜도 꼭 먹어뵈야 하는 음식이다.

이렇듯 여행은 세상과 만나는 창이다. 오늘날 여행은 일상이 되었다. 여행하면서 고단한 일상의 스트레스를 풀고 삶에 필요한 활력소를 얻는다. 미지의 장소에 대한 체험을 통해 자기를 돌아보고 낯선 세계와 대화한다. 그렇게 마음이 열린다. 여행을 많이 하면 자연스럽게 자기만의 스토리와 콘텐츠가 생기면서 삶의 내공이 쌓이게 되는 것이다. 이렇게 성공과 품격을 만드는 자양분이 또 있을까? 여행은 인생 자본이다.

노바디 여행자, 뚜벅이로 제주를 걷다

2022년 봄, 제주에 다녀왔다. 코로나 때문인지 3년 만이다. 절친한 선배가 제주도민이라 벌써 20년 가까이 거의 매해 제주를 찾지만 제주는 여전히 특별하다. 개인적이든 업무적이든 쉽게 오가는 곳이지만 뭔가 이국적인 느낌을 준다. '우리 안의 외국' 같은 곳이어서 제주 여행은 늘 설렘과 함께 시작한다.

이번 제주 여행은 조금은 달랐다. 노바디의 여행이고 뚜벅이로 변신했다. 3박 4일의 짧은 기간이지만 가능한 한 이름 없는 얼굴로, 여행자보다는 지역의 생활인처럼 최대한 제주의 일상 속으로 스며들기로 했다. 그런 여행에 딱 맞는 건 뚜벅이였다. 렌터카로

관광지아 맛집을 따라 점을 찍으며 빠르게 이동하는 게 아니라 느릿느릿 시간을 따라 세상으로 들어가는 것이다.

처음부터 그런 여행을 생각했던 건 아니다. 지난 연말에 뭔가 '삘'을 받고는 먼저 항공편과 숙소를 후다닥 예약했다. 그러곤 깜박 잊고 있다가 봄이 성큼 다가오면서 출발이 눈앞에 왔다는 걸 알았다. 그래, 이번 여행은 그냥 별다른 계획 없이 가보는 거야. 하루 이틀쯤은 캐리어 때문에 렌터카를 이용할까도 했는데 렌터카 이용 조건이 무조건 '공항 접수, 공항 반납'이었다. 선택의 여지 없이 바로 포기. 먼 거리를 이동할 땐 버스를 이용하기로 하고 웬만하면 두 발을 믿고 걸어보기로 했다. 이름 없는 뚜벅이의 여행은 내게 여러 가지를 생각하게 했다.

1. 무엇보다 여행의 의미가 달라졌다

그간 여행은 여전히 멋진 장소와 경관을 구경하는 일이 우선이었다. 뭔가 보고 뭔가 남겨야 한다는 고정된 생각에서 벗어나지 못했다. 특히 제주는, 일단 가면 들러야 할 명소와 맛집 리스트가 수두룩했다. 새로운 볼거리도 계속 생겨나 호기심을 자극했다. 이번에도 요즘 '머스트 시'라고 하는 아르테 뮤지엄이나 노형 슈퍼마켓과 같은 핫플이 머릿속에 맴돌았다. 이렇게 숙제하듯, 스탬프 찍듯 여행하는 건 진정한 여행이 아니라 볼거리 위주의 관광이다. 그 많은 핫플을 모두 따라갈 수도 없는 노릇 아닌가.

이번에는 마음이 움직이는 내로 나만의 방향과 속도를 즐기기로 했다. 철저히 자신이 여행의 주인공이라는 생각으로 움직였다. 멋진 건물의 미술관이나 갤러리에서 탄성을 올리며 사진을 찍는 것이 아니었다. 그곳이 여행의 목적지가 아니라 그저 발길 닿는 대로 길을 걸으며 시간에 빠져들었다. 3월의 햇살이 포근하게 내리쬐는 애월의 고내리 포구 해안을 따라가며 자연이 주는 선물을 몸으로 만끽했다. 청정한 자연 속에 있을 때 우리의 기운이 좋아지는 이유를 금방 알 수 있었다.

이틀간은 애월 주변의 올레길 15~16구간을 걸었고, 나머지 이틀간은 서귀포 동쪽 남원의 4~5구간을 걸었다. 해 질 무렵 기다리던 795번 버스를 눈앞에서 놓치고, 겨우 찾아간 식당 입구에 걸린 '오늘 휴업' 팻말 앞에서 잠시 멘붕에 빠지기도 했다. 하지만 바로 거기서 진짜 여행이 시작되고 나만의 이야기가 남는 것 아닌가. 나는 그저 이 생생한 순간 앞에서 삶의 우연과 변화를 받아들이면 된다. 모든 건 계획한 것이 아니라 뜻밖의 상황이고 의외의 결과다. 바로 이게 여행이 주는 놀람과 재미 아닐까.

2. 여행지를 집처럼, 공간과 장소를 새롭게 느낀 기회였다

여행 대부분이 무계획, 무일정이다 보니 한곳에 머무는 시간이 많아진다. 보통 여행할 때 우리 부부는 가능하면 2박 이상, 한곳의 숙소를 연달아 이용하려고 한다. 오후 늦게나 저녁에 숙소에 들렀다가 다음 날 오전에 나오면 사실 저녁 먹고 잠자는 게 거의 전부다. 여행보다는 숙박에 가깝고 낯선 여행지, 새로운 장소가 주는 매력을 미처 느낄 수 없다.

이번 여행은 동선이 정말 단순했다. 숙소, 길, 그리고 식당(아니면 카페)이었다. '자고, 걷고, 먹거나 마시고'인 셈이다. 오전에 걷고 낮 12시 전에 조금 일찍 점심을 먹은 후 카페에 들렀다 숙소에 돌아오면 3시 무렵이었다. 애월의 보헤미안풍 숙소는 그림 같은 바다 경치가 보이는 통창이 마음을 한없이 편안하게 했다. 창을 닫으면 바깥의 소음과 완벽히 차단된 채 고요와 정적만이 흘렀다. 오래 살아 어느새 내게 딱 맞는 집 같은 그런 분위기였다.

흔들의자에 앉아 차를 마시며 창밖을 바라보다 깜박 잠이 들었다. 낯선 여행지에서 대낮에 잠시 꿈같은 단잠에 빠져든 건 난생처음이었다. 눈을 떠보니 마치 시간이 멈춘 것 같은 순간이었다. 창밖으로 바다의 물결은 여전히 잔잔하게 일렁거리고 차들이 하나둘 해안도로를 지나가고 있었다. 세상의 모든 평화로움이 머문, 한 폭의 수채화 속 풍경이다. 공간이 주는 위로와 휴식이 어떤 건지 절절하게 느낀 여행이다.

3. 무시했던 그 커피가 취향의 신세계로 이끌다

나는 약간 쓴맛의 진한 아메리카노를 즐겨왔다. 오전과 오후 하루 2번의 커피타임은 내게 휴식이자 일을 시작하기 위한 워밍업의 리추얼이었다. 점심 약속이 없는 날은 일부러 조용한 카페를 찾아 혼자 커피를 즐기기도 한다. 조금만 시간을 낸다면 그 이상의 여유를 찾으면서 에너지를 충전할 수 있다. 그렇게 충전이 되면 누구에게도 정성을 다할 수 있는 법이다.

익숙한 삶의 공간이라면 차를 마시고 식사를 하는 일이 자연스럽게 이뤄진다. 단골이든, 봐 둔 집이든 찾아가면 되니까. 근데 여행지나 낯선 곳에 일을 보러 가면 조금 불편하다. 하루에 두 잔은 마셔야 하는 커피도 마땅한 카페를 만나지 못할 수 있기 때문이다. 어느새 중독된 건지 커피를 거르면 뭔가 허전하다. 이번 제주 여행에서도 그랬다.

첫날 숙소에서 핸드드립 커피를 만났다. 소박하고 정갈한 종이에 포장된 드립백이 비치되어 있었는데 눈여겨보지 않았다. 그간 조금 싱겁다고 생각해 드립 커피를 즐기지 않았기 때문이다. 사실은 약간 무시했다고 할까. 예전 몇 번의 시음이 특별한 감흥을 주지 못한 탓도 있겠지만 사실은 그 맛을 제대로 모른 셈이다.

둘째 날 숙소에서 아침 식사를 간단히 먹고 나니 급 커피가 당겼다. 마침 드립 커피가 있으니 한번 시도해 봤다. 다음 날은 비치된 다른 드립 커피도 마셨다. 내가 그간 즐기던 커피와는 뭔가 달랐다. 뜨거운 물이 커피 가루와 만나 방울져 떨어지는 걸 바라보는 느낌이 괜찮았다. 몇 분 후 잔을 채운 커피를 한 모금 마셨을 때 생생한 향과 풍미가 입안으로 퍼지면서 이내 온몸으로 전해지는 게 느껴졌다. 숙소의 창밖 바다 풍경과 어우러져 더할 수 없이 좋은 순간이었다. 커피 마니아들이 커피콩을 고르고 직접 갈아서 내려 먹는 이유를 조금은 알 것 같았다. 직접 해보니 시간을 음미한다는 기분이 들었다. 빠르게 기계에서 뽑아내는 커피와는 분위기가 꽤 달랐다.

예전에 원두를 사다 집에서 갈아 마셨던 게 기억났다. 그때는 몇 번 만에 시들해지고 말았다. 아직 원두커피 맛에 눈을 뜨기 전이 아니었던가 싶다. 집이 아니라 낯선 곳, 제주에서 만난 드립 커피는 색다른 느낌으로 다가왔다. 누군가에게 선물 받은 드립 커피 세트가 주방 한쪽에 처박혀 있다는 것도 문득 생각났다. 집에 돌아와 하나씩 마신 후 아예 새로운 핸드드립 커피 6종 세트를 주문했다. 에티오피아 예가체프, 브라질 산토스, 콜롬비아 슈프리모, 과테말라 안티구아, 인도네시아 만델링, 케냐 AA. 어떤 걸 먼저 골라 마셔볼까. 세계 곳곳으로 여행을 떠나는 설렘 모드에 휩싸인다.

어느새 조금씩 드립 커피의 새로운 매력에 빠져들고 있다. 천천히 시간을 응시하며 내가 좋아하는 걸 기다리면서, 그 시간이 준 선물을 몸으로 체감하는 재미가 커진다. 이렇게 느리게 사는 것이 내게 맞는 옷이었구나, 하는 생각도 든다. 참, 취향의 발견이란 게 별거 아니구나. 이러다 언젠가 바리스타에 도전하게 되는 건 아닐까.

취향은 '나를 행복하게 하는 것이 무엇인지'를 아는 것이 아닐까 싶다. 취향의 총합이란 게 결국 나라는 존재를 만들기 때문일 것이다. 나다운 것의 발견과 표현이 뭘까를 늘 생각했는데 제주에서 어렴풋이 알았다. 궁하니 통한 것일까. 어쩔 수 없이 시도했는데 뜻밖에 복이 굴러들어 온 셈이다. 새로운 취향을 만들려면 예기치 못한 상황과 우연을 두려워해선 안 된다는 걸 실감했다. 시도하지 않으면 아무것도 이뤄지지 않을 테니까 말이다. 때로 계획이 틀어지고 당황하는 순간이 오더라도 인생은 또 다른 기회와 행운을 숨겨 놓고 있는 것 같다. 여행을 떠나면 의외의 순간 앞에 '날것의 삶'이 이어진다. 우리가 늘 어딘가로 떠나는 꿈을 꾸는 이유가 아닐까.

시간을 멈추게 하는 기술
- 최고의 인생 여행 '시간의 점'을 위하여

30대 후반 늦은 나이에 떠난 해외 연수 시절, 잘 안 되는 영어로 고전하던 내게 유일한 위안은 여행이었다. 토론 수업마다 '침묵과 암중모색'으로 버티던 2000년 어느 무렵이다.

다트무어(Dartmoor)를 여행하던 때가 떠오른다. 영국 남서부 땅끝마을(Land's End)로 가는 길에 만날 수 있는 광활한 고원 지대인 다트무어는 남북으로 40km, 동서로 32km, 평균 해발 고도 518m에 이른다. 끝없이 이어지는 황무지 국립공원에는 특유의 바람과 기후를 견디고 살아온 헐벗은 대지가 그림처럼 펼쳐진다. 기묘하게 생긴 바위산들과 함께 자아내는 대자연의

풍경이 독특하다. 여행자의 마음이 애잔해지는 순간이다.

무어(moor)는 황무지, 황야란 의미로 특히 '히스(heath)'가 자라는 잉글랜드의 고원지대를 말한다. 히스는 진달랫과의 관목으로 주로 흰색이나 붉은색의 꽃이 피고 1m 내외로 자란다. 에밀리 브론테의 소설 <폭풍의 언덕>의 주인공 이름이 히스클리프(Heathcliff)다. '절벽에 핀 히스꽃'이란 뜻이다. 작품의 배경 역시 히스꽃이 만발한 황량한 들판이다. 전편을 압도하는 질풍노도의 드라마에 딱 어울리는 무대가 아닐 수 없다.

스코틀랜드의 최북단 하일랜드(Highlands)에서는 척박한 자연이 빚어낸 야성미와 적막감에 깊이 매료되었다. 화산활동과 빙하 작용이 빚어낸 높은 산과 깊은 골짜기, 깎아내린 듯한 바위가 어우러진 경치는 이루 말할 수 없이 스산하다. 거친 기후 탓에 큰 나무나 숲은 보이지 않고 작은 풀과 잡초, 고사리류 같은 양치식물, 야생화인 히스만이 자라기 때문이다. 이런 삭막하고 쓸쓸한 풍경이 끝 간 데 없이 펼쳐진다. 거기에 인간이 만든 길과 도로들이 길고 아스라이 이어진다. 차도 사람도 보이지 않는다.

벌거숭이산과 메마른 들판은 고원의 기후가 빚어낸 자연을 말없이 보여준다. 오랜 시간에 걸쳐 묵묵히 만들어진 작품이랄까? 위대한 자연과 마주한 순간, 인간은 한없이 작아진다. 동시에 마음속 깊이 위안과 평화를 느끼며 꿈처럼 아늑한 상태에 잠기게 된다. 자연이 우리의 심신을 부드럽게 어루만지는 순간이다.

황량하고 압도적인 장소들은 인간을 위로하는 힘이 있다. 알랭 드 보통은 <여행의 기술>에서 이를 '숭고미(崇高美)'라고 말한다. '숭고하다(sublime)'는 것은 광활하게 트인 대지, 거대한 산맥이나 사막, 경이로운 바위와 절벽 같은 대자연 앞에서 우리가 느끼는 감정이다. 예쁜 꽃이나 봄의 초원 같은 아름다움과는 다르다.

유구한 시간의 피조물인 자연의 섭리와 위대함을 온몸으로 체감하는 것이다. 자연은 경외와 존경을 불러일으키고 인간은 침묵과 경탄에 잠긴다. 동시에 마음의 평화와 정신의 고양을 느끼는 것이다.

영국 날씨는 변덕스럽기로 유명하다. 하일랜드 같은 고원지대는 하루에도 몇 번씩 날씨가 바뀐다. 흐리고 비가 자주 온다. '나쁜 날씨란 없다. 옷을 잘못 입고 나왔을 뿐'이란 영국 속담이 있다. 악천후를 대하는 그들의 일상이 느껴진다. 비가 자주 오지만 연간 강우량은 우리보다 적다. 대신 시도 때도 없이 조금씩 자주 내려 공기는 깨끗한 편이다. 영국 연수 시절 한 번도 세차한 적이 없다. 기온도 비교적 온화하여 겨울에도 들판의 잔디는 푸른색을 띤다.

다트무어와 하일랜드 여행은 내게 여행의 정의처럼 남아 있다. 오랫동안 나를 매혹하였고, 이 순간에도 마치 그날처럼 눈에 선하다. 힘들고 어려울 때, 일상을 탈출하고 싶을 때 나는 문득 거칠고 황량한 고원에 가 있다. 2000년 여름 어느 순간에 고정된 그 시간은 나와 함께 평생을 지속하며 나를 일으켜 세운다.

스코틀랜드에는 글렌(Glen)으로 시작하는 지명이 많다. 화산활동과 빙하의 작용으로 형성된 길고 깊은 협곡 지대를 말한다. Great Glen 은 스코틀랜드 북부를 남서로부터 북동으로 가로지르는 긴 골짜기로 3억 5000만 년 된 단층이다. 협곡을 따라 많은 호수와 하이킹 코스, 절경이 이어진다. 괴물 네시로 유명한 Ness 호수가 있다.

Great Glen 남서쪽에는 세 자매 봉우리로 유명한 Glencoe가 있다. 영화 '007 스카이폴'의 촬영지이고 1692년 '글렌코 학살'이라는 비극의 무대이기도 하다. 잉글랜드의 새로운 왕 윌리엄 3세가 자신에게 충성을 거부한 스코틀랜드의 맥도널드 가문을 몰살시킨 사건이다. 잉글랜드에 대한 스코틀랜드의 적개심을 얘기할 때 빼놓을 수 없는 사건이다.

스카치위스키 명가 중에는 '글렌 형제'들이 많다. 한국인에게 인기 있는 글렌피딕(Glenfiddich, '사슴(fiddich)'이 트레이드 마크다), 싱글 몰트의 효시인 글렌리벳(Glenlivet)을 비롯하여, 글렌모렌지(Glenmorangie), 글렌 그랜트(Glen Grant), 글렌 모레이(Glen Moray) 등이 있다.

우리의 삶에는 시간의 점이 있다.

이 선명하게 두드러지는 점에는

재생의 힘이 있어….

이 힘으로 우리를 파고들어

우리가 높이 있을 때는 더 높이 오를 수 있게 하고

우리가 쓰러졌을 때는 다시 일으켜 세운다.

- 윌리엄 워즈워스, 서곡(The Prelude) 중에서

자연주의 시인으로 불리는 영국의 윌리엄 워즈워스(William

Wordsworth, 1770~1850)는 스무 살에 알프스 여행을 했다. 그때 보았던 거대한 자연의 한 풍경은 평생 머릿속에 남아 시인에게 새로운 활력을 불어넣어 주곤 했다. 이렇게 떠오를 때마다 가슴속에 파고들어 힘을 주는 자연 속의 한 장면을 워즈워스는 '시간의 점(spots of time)'이라고 불렀다.

시간은 흐른다. 붙잡아 둘 수 없다. 사람들은 잊지 않기 위하여 기록하고 보존한다. 아름다운 추억의 시간은 사진이나 기념품, 글이나 그림 속에 고정되어 남는다. 여행이 주는 행복을 꼽으라면 누구나 자기만의 '시간의 점'이 있을 것이기 때문이다. 일상으로 돌아온 후 우리가 힘들 때 떠오르는 아름다운 순간들은 여행이 주는 소박하지만 강렬한 즐거움이기도 하다. 그래서 우리는 늘 새로운 여행을 꿈꾸는 것이다.

살면서 사진처럼 어떤 장면을 마음에 저장할 필요가 있다. 인생의 중요한 순간들을 자주 마음에 새겨 두어야 시간이 천천히 지나간다. 때로 어느 장면에 기억이 멈춰 있기도 하다. 그러면 삶의 매 순간이 더욱 생생하고 의미 있게 느껴진다. 평소에 중요한 순간들을 마음에 담아두는 훈련을 해보자. '이 순간을 기억해!' '삶이란 정말 좋은 거야.' 기분이 좋아지면서 활기찬 느낌이 든다. 반복적인 훈련을 하다 보면 자신도 모르게 조금씩 변화가 일어나기 시작한다. 차츰 모든 변화의 출발이 되고, 여행을 하는 것처럼 즐거운 인생으로 바뀌는 것이다.

워즈워스는 주로 자연 속에서 '시간의 점'을 느꼈다. 하지만 그런 순간은 인생을 살면서 누구에게나 존재한다. 외려 가까운 데서 느낄 수 있다. 엄마가 차려주신 구수한 호박 된장국, 사랑하는 사람과 바라보던 밤하늘의 별빛들, 흰 눈 내리는 거리를 지날 때 문득 흘러나오던 추억의 음악… 이 모든 순간은 우리에게 멈춰 있는 시간이다. 우리 인생의 아름답고 소중한 한 장면이다. 가만 생각해 보면 지친 우리를 위로하고 회복시켜주는 힘이 아니었던 가. 여행하듯 날마다 하루를 시작한다. 오늘은 어떤 새로운 순 간이 나를 기다리고 있을까.

카톡 친구는 몇 명이 적당할까
- 함께 여행하고 싶은 사람에 관한 생각

세계에서 가장 많은 친구를 가진 사람은 누구일까. 소셜미디어를 살펴보면 인스타그램의 경우 축구선수 크리스티아누 호날두가 약 2억 900만 명으로 1위에 올랐다. 트위터 정치를 편 도널드 트럼프는 팔로워 수가 8,500만 명을 넘고 페이스북은 3,200만 명이었다. 정치인이나 연예인의 SNS 팔로워 수는 대중적인 인기와 지지도를 가늠하는 척도로 간주한다. 물 밑에서 팔로워 수 늘리기 경쟁은 치열하다. 전문적인 관리는 기본이고 때로 계정 수 조작이나 매매 의혹이 제기되기도 한다.

소셜 네트워크에 친구가 많아도 행복하다고 할 수는 없다. 물론 팔로워가 모두 친구는 아니다. 우리가 가진 주소록의 많은 전화번호는 인생의 큰 자산이나 보험 같다. 들여다보고 있으면 절로 든든한 생각이 들기도 한다. 하지만 주는 것 없이 내게만 계속 호의와 친절이 올 리는 만무하다. 생일날 축하의 메시지는 스마트폰으로 쏟아져도, 정작 만나서 마음을 나눌 사람이 없는 게 요즘 현실이라고 한다. 교류와 접속은 많은데 진정한 친구는 없는 시대, 참으로 역설적인 모습이다.

그렇다면 우리에게 의미 있는 친구는 얼마나 될까. 옥스퍼드대 교수 로빈 던바(Robin Dunbar)는 <던바의 수>에서 한 개인이 진정한 사회적 관계를 맺을 수 있는 최대치를 '150명'으로 보았다. 150명이란 해외여행 도중 비행기를 갈아타려다 경유지에서 새벽 3시에 우연히 만났을 때 어색하지 않은 관계라고 한다. '던바의 수', '던바의 법칙'으로 불린다. 던바는 전두엽의 특정 부위의 크기가 얼마나 많은 사람의 마음 상태를 이해할 수 있는지 결정한다는 점을 발견했다. 이 이해 능력이 친구의 수를 결정한다는 것이다.

인류 역사의 사례들이 증명한다. 원시 부족 형태 마을의 구성원 수, 로마군의 기본 전투 단위, 아미시(Amish) 같은 종교적 근본주의자들의 공동체 등에서 볼 수 있다. 현대 사회에서도 조직을 관리할 때 150명이 최적이며 그 이상이 되면 2개로 나누는 것이 더 낫다고 강조한다.

인간관계에서 다음으로 의미가 큰 숫자는 12~15명이다. 사회 심리학자들이 '공감 집단'이라고 부르는 규모다. 이 집단 구성원 중 한 명이 오늘 느닷없이 죽는다면 당신은 상심이 너무 커서 제정신이 아닌 정도가 되는 관계다. 법원의 배심원단과 예수를 따르던 제자들이 12명이고 스포츠팀이 대개 이 정도 규모다.

8명은 더 중요하다. <사랑으로 변한다>를 펴낸 변호사 출신의 작가 밥 고프(Bob Goff)는 삶의 마지막 날 곁에 남을 만한 사람은 약간의 차이는 있겠지만 8명일 것이라고 말한다. 단 8명이 나를 사랑하고 아껴줄 사람으로 끝까지 남는다는 것이다. 보통 조직에서 한 사람이 직접 지휘할 수 있는 한계치가 8명, 많아도 10명 이내가 적당하다. 군대에서 가장 작고 효율적인 전투조직인 '분대(squad)'의 표준 인원이 8명이다. 회식이나 모임을 할 때 8명은 딱 두 테이블로 '진한 동지 의식'을 가지는 소통이 가능하다. 세 테이블을 넘으면 '지방 방송(?)' 가동의 위험이 있다.

진짜 어려운 상황일 때는 어떨까. 주저 없이 전화할 수 있는 친구나 가족은 보통 5명 내외다. 가장 가까운 사람들의 그룹이다.

그중에서도 자신의 비밀을 기꺼이 말할 정도로 친한 관계는 1~2명 정도에 불과하다. 주변을 돌아보면 금방 실감이 나지 않을까.

실제 여행을 살펴보면 국내 여행과 해외여행 모두 평균적인 여행 동반자 수는 4.3명인 것으로 나타났다(문화체육관광부의 2019년 국민 여행 조사). 동반자 유형으로는 국내 여행에서 가족(55.1%)과 친구/연인(38.1%)이 다수였고 해외여행은 친구/연인(45.3%)이 가족(44.8%)보다 근소하게 앞섰다. 전반적으로 동반자 수는 해가 갈수록 감소 추세다. 가족의 비율은 높아지고 친구/연인의 비율은 줄어들고 있다. 여행이 가까운 사람 중심의 소규모로 이루어지고 있음을 알 수 있다. 코로나 이후 이런 경향은 더욱 가파르게 진행되었다.

최근에는 핵가족 시대를 넘어 1인 가구가 대세가 되고 있다. 1인 가구 수가 600만 명, 가구 비율은 전체의 30%를 넘었다. 1인 여행의 비율도 갈수록 늘어나고 있다. 빅데이터 분석(송길영 다음소프트 부사장)에 따르면 '혼밥'은 2013년에 국내에 처음 등장했다. 혼행(혼자 여행하기), 혼영(혼자 영화 보기), 혼술(혼자 술 마시기) 등 '혼자'와 관련된 검색어는 2020년 말에 65개까지 늘었다. 비대면은 코로나 이전부터 이미 진행된 사회 흐름이었다. 한국인은 혼행에서도 세계 최고다. 2019년 클룩(Klook)의 조사에

의하면, 전체 답변자의 76%가 혼행에 긍정적이었는데 한국인은 그 비율이 무려 93%였다.

싱글족의 발길이 분주해진 것은 2013년 <꽃보다 할배>를 시작으로 <뭉쳐야 뜬다>, <배틀 트립>, <짠내 투어> 등 해외여행을 소재로 한 예능 프로그램의 인기가 한몫했다. 저가 항공과 에어비앤비 등의 대중화도 중요했다. 1인 가구의 증가에 따른 1인 경제나 솔로 이코노미의 강세가 여행 부문에서도 예외가 아니다. 이는 비대면 시대에 더욱 가속화 추세다.

여행에서 기억에 남는 깃은 어행지라고 생삭하기 쉽지만 실제로는 함께 간 사람이 떠오르는 경우가 많다. 누구와 함께 가느냐에 따라 여행의 맛과 느낌은 다르다. 혼자 하면 자유롭지만 외롭고, 여럿이 하면 즐겁지만 때로 번거롭다. 혼자든 여럿이든 여행은 좋다. 새로운 경험을 하면서 사람들과 친밀한 관계를 만들어 갈 수 있기 때문이다.

혼자 하는 여행 중에 내 기억에 남는 것은 템플스테이다. 불교 신자는 아니지만 나는 가끔 고즈넉한 사찰을 찾아 자신을 돌아보는 시간을 갖는다. 준비할 것도 없고 간편하게 떠날 수 있는 데다 머무는 것만으로도 휴식과 힐링이 된다. 가족이나 친구와의 여행은 훨씬 다양하게 이뤄진다. 주말이나 휴일에 도심 근교로 하루만 일상을 떠나 있어도 새로운 사람이 되어 돌아오는 것 같다. 일 년에 몇 차례는 '평생 친구' 같은 사람들과 여행 같은 만남을 계속하고 있다.

소중한 관계는 그냥 주어지지 않고 항상 그 자리에 있지 않다. 그만큼 노력이 필요하다. 던바는 얼마나 자주 만나는 게 좋은지도 언급한다. 가장 가까운 사람들과는 적어도 일주일에 한 번은 만나야 하고 다음으로 가까운 사람들과는 한 달에 한 번은 만나야 한다는 것이다. 바쁜 현대 생활에 그 정도로 만나기는 어렵지만, 서로의 근황과 관심사를 계속 공유해야 한다는 점은 확실하다. 우정을 유지하고 싶다면 전화나 톡이라도 자주 하는 것이 좋다. '시간을 얼마나 투자하느냐'가 관계의 지속성을 좌우하기 마련이다.

인생의 행복과 건강에 중요한 것은 지인의 수가 아니라 '관계의 질과 만족도'다. 소중한 사람만 만나기에도 시간은 부족하고 인생은 유한하다. '좋아요'를 눌러주는 많은 SNS 팔로워보다 지금 내 곁에서 함께 시간을 보낼 한 사람이 더 소중하지 않을까. 던바의 조언을 받아들인다면 카톡 친구는 150명 정도면 족하다. 그런데 진짜 나에게 의미 있는 인생 친구는 몇 명이나 될까. 지금 바로 연락처를 한번 들여다보자.

2부

여행은 인생이다

유년의 추억, 10살의 방화범 이야기
- 내 인생의 골목길 여행(1)

요즘 날마다 1만 보를 걷는다. 부부가 함께 걷기에 푹 빠져 있다. 코로나 시국에 마음대로 운동하기도 어려워 걷기가 일상이 되었다. 걷기의 방식이나 놀라운 효과에 대해서도 열공 중이다. <병의 90%는 걷기만 해도 낫는다>는 책도 있고, '파워워킹'이야말로 어떤 운동보다 효과가 크다고도 한다. 저녁에는 목표치를 달성했는지 물어보며 우리는 서로를 자극하고 격려한다.

그런데 걷기는 운동일까. 혹은 일종의 여행일까. 여행에는 점, 선, 면의 세 가지 유형이 있다고 한다. '점(點)'의 여행은 가장 흔하고 일반적인 여행이다. 특정한 경관이나 명소, 유적지에 '점을

찍듯이' 둘러보는 것이다. 수학여행이나 산업시찰이 그랬고, 대개의 패키지 투어 또한 마찬가지다. '선(線)'의 여행은 도로나 기차와 같이 길을 따라 이어지는 여행이다. 제주 올레길이나 산티아고 순례길이 대표적이다. 시베리아횡단철도 여행도 꿈꾸는 여행이다. 선의 여행은 문득 만나는 주변의 다양한 사물이나 풍경, 사람들과 교감하며 새로운 자극을 얻는다. '면(面)'의 여행은 조금 더 넓은 지역이나 장소를 찾아 시간을 보내는 체류형 여행이다. 현지의 사람과 교류하며 새로운 문화를 배우고 이해하는 효과가 크다.

골목길을 걷는 건 선의 여행이면서 면의 여행이기도 하다. 순수하게 걷는 행위는 출퇴근이나 약속 장소에 가기 위한 이동과는 다르다. 길을 걷는 것은 우리에게 너무나 익숙하지만, 걷기 위한 걸음을 천천히 내딛는 순간 그것은 여행이 된다. 익숙한 공간을 다시 돌아보며 일상을 재발견하는 시간이 되는 것이다. 가까운 골목부터 여행을 떠나 보자. 언제든 떠날 수 있다는 게 최고의 강점이다. 시간 속에서 추억의 골목길을 찾아 떠나는 것도 좋다.

이제 내 인생의 골목길 여행을 떠난다. 골목길 하면 무엇보다 어릴 적 살던 동네가 떠오른다. '유년의 추억'이다. 내 고향은 영광. 굴비의 고장이다. 요즘에야 한식집에서 실한 굴비 한 마리 맛보는 게 어렵지 않지만, 어릴 적에 굴비는 구경도 못 했다. 물론 비싸고 귀했기 때문이다. 영광은 백제 불교가 시작한 곳으로 전해진다. 인도 승려 마라난타가 법성포에 상륙하여 처음 세운 절이 '부처에서도 으뜸'이라는 뜻의 '불갑사(佛甲寺)'다. 자연스럽게 불교적 지명이 곳곳에 남아 있다.

지금은 볼거리, 먹을거리가 많은 곳으로 사람들이 많이 찾는 곳이다. 서해안이지만 서해안 같지 않다. '갯벌, 백사장과 절경'이라는 바다가 주는 세 가지 매력을 모두 맛볼 수 있다. 오랜 삶의 터전인 펄이 있는가 하면 송림과 모래밭이 아름다운 해수욕장이 있고, 동해안처럼 기암괴석이 아찔한 풍경도 그림처럼 펼쳐진다. 백수(白岫) 해안도로는 '한국의 아름다운 길'로 이름이 알려진 강추 코스다. 아무 데나 잠깐 차를 세우면 거기가 바로 전망 좋은 '뷰포인트'다. 멀리 칠산바다와 석양을 감상하기에 더할 나위 없이 근사하다.

불갑사에서 멀지 않은 두메산골이 고향 집이다. 구불구불 시골길을 4km 걸어가야 학교가 보였다. 등굣길은 힘들었지만, 학교 끝나고 집에 올 때는 철마다 길가에 지천인 꽃들도 보고, 여름이면 풍뎅이나 하늘소, 사슴벌레를 찾아 나무에 오르기도 했다. 중간쯤에 있는 넓은 개울에서는 물고기를 잡거나 얕은 물 쪽에서 헤엄을 치며 놀았다(땅 짚고 헤엄치기!). 그런데 폭우라도 쏟아지면 넓은 개울은 건너기 무서운 급류로 돌변하여 학교를 공치기 일쑤였다. 상전벽해라고 해야 할까. 큰 저수지가 바라보이는 경치 좋은 동네라, 요즘은 가끔 외지인들이 땅 보러 들르기도 한다.

2년 가까이 그 학교에 다니다 겨울이 가까울 무렵에 읍내로 전학했다. 학교와 관청가 뒤편의 주택가가 집이었고, 또래들의 아버지는 선생님, 경찰, 군청 공무원이 많았다. 읍내로 오니 자연을 벗 삼아 걷는 들길이 아니라 실핏줄처럼 이어지는 골목길을

따라 학교에 다녔다. 읍내 길은 좁지만 정겹고 아기자기했다.

그 시절이 그렇듯 골목은 놀이터였다. 종이로 만든 딱지와 구슬 따먹기 놀이를 하거나 편을 짜서 칼싸움, 총싸움 같은 걸 했다. 골목대장이 되어 신나게 골목 구석구석을 휘젓고 다니던 시절이었다. 골목길은 때로 좁았다. 큰길에서 시작하여 골목이 끝나는 곳에 이르면 야트막한 산이 보이는 길이었는데, 발길은 자연스럽게 산으로 이어졌다. '성산(城山)'은 풀이나 잡초, 키 작은 나무들만 있는 옛 토성(土城)의 흔적이 남은 곳이었다. 지금 보니 146m. 산과 언덕, 마운틴과 힐의 중간쯤 될 높이다.

3학년 어느 봄날 또래들과 성산에서 불장난을 하며 놀았다. 큰 나무나 숲이 없어 숨을 데가 필요한 총싸움 놀이 같은 걸 하기에는 마땅치 않았다. 어쩌면 불놀이(?)하기에는 딱 좋은 곳이었다. 실제 작은 불이 종종 나는 곳이었다. 그런데 우리가 피웠던 조그맣던 불이 갑자기 바람을 타고 산 위쪽으로 번져갔다. 하나둘 겁이 나서 도망치기 시작했다. 날이 어둑해질 때까지 옆 동네에 숨어 있던 우리는 이윽고 경찰서로 모두 끌려갔다. 우리들의 놀기 패거리에 끼워주지 않아 토라졌던 또래의 동생이 '방화범이 누구인지' 고자질한 것이었다. 다행히 불은 꺼졌지만, 악몽 같은 하루가 따로 없었다.

우리는 경찰서 복도에서 한참 동안 무릎을 꿇고 벌을 섰다. 두 팔을 높이 든 채로. "저 녀석이 조 순경 아들이구먼." 한 경찰이 우리 중의 덩치 큰 친구를 보며 한 말이 아직도 귓가에 맴돈다. 우리는 나중에 일장 훈시를 듣고 어둑할 무렵에야 경찰서에서 벗어날 수 있었다. 요즘 말로 일종의 '아빠 찬스' 비슷한 걸 받았을까, 빨간 손도장을 찍거나 하지는 않았다. 상범이는 경찰 아버지한테 집에서 혼났겠지.

오랫동안 유년의 그 골목길과 성산은 잊힌 곳이었다. 지금 성산은 나무가 숲처럼 우거져 옛 모습이 가물가물할 정도다. 산책길과 체육시설이 조성되어 사람들이 공원으로 이용하고 있다. 산불 사건이 있고 10여 년 뒤인 1981년에 '성산정(城山亭)'이라는 정자가 정상 부근에 새로 지어졌다는 것을 최근에야 알았다. 그리고 "성산정이 2002년 3월 초 아이들의 불장난 때문에 소실되었다가, 2011년 8월에 복원되었다"는 소식을 접했다. 무언가 뜨끔하게 철렁했다. 나보다 훨씬 간 큰 후배 방화범이 있었다는 사실에 가슴이 불에 덴 듯 화끈거렸다.

유년의 추억은 이제 빛이 바래 어렴풋하다. 행복한 날이었다. 마음에는 근심이 없고 인생에는 무게가 없었다. 세상모르게 천진한 시절의 정겹고 소박한 골목길이다. 골목길에서 멈췄으면 좋았을 텐데 산 위까지 너무 달렸나 보다.

청춘의 여행, 방황을 허하라
- 내 인생의 골목길 여행(2)

고등학생이 되면서 이사한 광역시 광주는 넓고 큰 도시였다. 기대와 설렘으로 출발했지만, 도시가 주는 놀라움과 충격에 나는 혼란스러웠다. 도시인의 자격을 갖추는 데는 치러야 할 대가와 적응 시간이 필요했다. 읍내에서는 골목길을 오갔지만 이제 학교 갈 때도 버스를 타야 했다.

8번 시내버스는 광주 북쪽에서 출발하여 시내를 빙빙 돌아 손님을 통조림처럼 채우고 남쪽의 학교 근처 종점으로 운행했다. 중간쯤인 무등경기장(현재 프로야구 챔피언스필드 구장) 앞에서 내가 탈 때는 초만원이어서 버스에 올라타는 것 자체가 엄청난

고역이었다. 버스에 뒷문 하나만 있던 시절, 추억의 '안내양'이 정류장마다 손님들을 짐짝처럼 밀어 넣는 게 일과였다. 임무를 노련하게 완수한 안내양 누나가 아직 반쯤 열린 차의 문턱에 걸치듯 서서 "오라이" 하고 외치는 것이 흔한 아침 풍경이었다. 메스꺼운 차 냄새를 무척 싫어했던 내가 버스에서 내릴 때면 멀미 기운으로 속은 울렁거리고 세상이 어지러웠다. 극기 훈련이 따로 없었다.

하지만 인간은 역시 적응의 동물이었다. 특유의 차 냄새, 도시 냄새에 익숙해지면서 어느 순간 멀미가 사라지고, 여학생들의 모습이 차츰 눈에 들어오기 시작했다. 하얀 깃의 예쁜 교복을 입은 중앙여고 학생들이었다. 학교 앞의 가파른 등굣길을 올라 새로운 친구들과도 조금씩 친해졌다. 처음 학원에 간 날이 기억난다. 놀랍게도 콩나물시루처럼 학생들이 들어찬 교실은 열기로 가득했다. 시골에서 한가롭게(?) 지낸 나는 도시 학생들은 이렇게 공부하는구나, 라는 생각에 눈이 번쩍 뜨였다. 광주의 랜드마크라 할 전일빌딩 뒤편 대의동이 학원 골목이었다. 청산학원, 한림학원, 양영학원 등 이름도 그럴싸했다. 남녀 공학이 없던 시절, 학원에 가면 볼 수 있는 여학생들의 모습에 가슴이 설레기도 했다.

광주의 중심 거리인 금남로와 충장로 뒷골목을 무던히도 헤집고 다녔다. 금남로 초입에 있던 YMCA 건물 1층의 탁구장은 어릴 적 영광 출신 친구들의 단골 모임 장소였다. 광주에 진출한 친구들은 탁구에 푹 빠져 허구한 날 거기서 만났다. 우리는 초등학교와 중학교 시절에도 함께 몰려다니며 야구, 축구, 농구 등 이런저런 운동을 함께 했다. 나는 딱히 잘하는 운동은 없었지만 어릴 적 습성 덕분에 나이 들어서도 운동을 가까이하게 되었다. 탁구를 마친 후에 우리는 광주의 명동인 충장로 골목에서 허기진 배를 채우고 놀았다. 청원모밀이 단골이었고 왕자관의 짜장면도 즐겨 먹었다.

충장로에는 밥집부터 술집까지, 쇼핑에서 영화까지 모든 놀거리, 즐길 거리가 널려 있었다. 젊음의 발신지였고 활력의 충전소였다. 우울하거나 별 볼 일 없을 때 가면 무언가 재미난 일이 있을 것 같은 곳이었다. 특히 '우다방'은 사람들로 북적거리는 만남의 장소다. 광주우체국 앞 길거리 어디쯤의 별칭이다. 단골 모임 장소는 우다방 앞 거리의 나라서적, 근처에 삼복서점, 궁전제과도 있다. 단골 서점에서는 1980년대에 이른바 불온서적이나 판금도서를 비밀리에 팔았다. 손님의 인상착의를 매의 눈으로 확인한 후 비밀 서랍을 살짝 열어 책을 내주곤 했다.

시대는 어두웠고 소란스러웠다. 고등학교 3학년 내 평생 기억에서 지울 수 없는 5·18을 겪었다. 학교가 한참 문을 닫았고, 같은 반 친구 하나가 도청 앞 발포 현장에서 희생되었다. 7월 경인가, '대학 본고사 폐지와 졸업정원제' 전격 실시라는 소식이 날아들었다. 그렇게 입학한 대학은 학문의 전당이 아니었다. 민주화 운동의 최전선인 시위 현장이었다. 동아리(그때는 '서클')는 단연 '이념 서클'이 대세였다. 대학은 고등학교와는 전혀 딴판이었고 다른 세상이었다. 격랑의 시대, 무엇을 해야 하는지 어지럽고 혼란스러웠다.

"시도하지 않는 젊음은 가치가 없다." 어느 날 친구가 내게 한 말을 잊을 수 없다. 오랫동안 내성적인 범생이로 살았던 나는 1980년대 시대의 아픔과 민주화의 진통을 함께하면서도, 한편으로 어떻게 살 것인가, 라는 실존적인 고민에 빠져들었다. 불투명한 미래와 인생의 진로에 대한 고민도 나를 끊임없이 파고들었다. 광장과 큰길보다는 아직 골목이 편안한 시절이었다. 충장로 후미진 길의 술집을 전전했다. 라면에 막걸리를 마시고 쓴 소주를 들이켰다. 인생의 무게를 절감하면서 괜히 심각했고 쓸데없이 진지했다.

그 시절 얼마간 쫓아다닌 여학생이 있었다. 편지를 쓰고 책을 선물하기도 했다. 이외수의 만화 형식의 우화소설인 <사부님 싸부님> 같은 책이다. 나는 여전히 치기 어린 자아도취에 빠져 있었다. 사랑을 구하는 자의 모습이 아니었다. 화랑과 미술상이 밀집한 예술의 거리에 있던 '섬'이라는 카페가 기억난다. '사람 사이에 섬이 있다'라는 시처럼 왠지 외롭고 쓸쓸한 분위기의 섬, 너무 조용해서 우리의 엇갈린 대화가 멀리 퍼질 것만 같았다. 지금은 모두 사라지고 흔적을 찾을 수 없다. 사랑을 찾던 시간도 그렇게 지나갔다.

나는 스물셋에 집을 떠났다. 방황으로 기억되는 광주의 골목길을 떠났다. 좁은 골목길은 한잔 술을 권하며 내 마음을 어루만지곤 했다. 하지만 나는 어느 곳에도 오래 머물지 못한 채, 끊임없이 무언가를 찾아 두리번거렸다. 내게는 고생과 모험이 필요했고 더 큰 세상이 기다리고 있었다.

특별시의 여행자,
애환의 단골집이여 잘 가라
- 내 인생의 골목길 여행(3)

특별시는 광역시와는 또 달랐다. 워낙 큰 탓인지 체감하는 데는 상당한 시간이 걸렸다. 학교나 직장 근처의 생활공간을 중심으로 하루가 흘러갔다. 처음에 대학원 2년간은 기숙사에서 살았는데, 학교까지 걸어서 10분 거리라 말이 특별시민이지 노는 '나와바리'가 뻔했다. '변방에 우짖는 새'라는 소설 제목처럼 변두리를 어슬렁거리는 신세랄까. 특별한 '건수'가 있을 때나 차를 타고 번화가로 이동했다.

하지만 그 세계는 크고 넓었다. 20대는 무한한 기회와 가능성의 시기다. 아직 '긁지 않은 복권'이기 때문일까. 누구에게나 모든

문이 열려 있는 듯했다. 그 문은 나를 성년의 세계로 안내했고, 나는 더 넓은 세상으로 본격적인 인생 여정을 시작했다. 내가 만난 사람들은 모두 인생의 스승이었고 내가 접한 세상은 또한 인생의 확장이었다. 나는 빠르게 로컬에서 내셔널로, 지역구에서 전국구로 변신하기 시작했다.

낙성대역 주변의 '큰별치킨'이나 허름한 선술집, 포장마차에서 학우들과 어울렸다. 술 한잔하고 기숙사까지 휘청휘청 걸어오는 밤길은 어둡고 호젓했다. 가슴 깊이 청량한 공기를 마시며 천천히, 호기롭게 노래를 부르곤 했다. 차도 사람도 드문 캄캄한 들판 사이로 노래는 한 줄기 바람처럼 퍼져가는 것 같았다. 통금이 지난 시간에는 여학생 기숙사 쪽 '개구멍'을 통해 잠입했다. (거기 잔디밭에 놓아기르던 토끼들이 불현듯 생각난다.)

신림역 근처 구불구불한 골목의 순대타운도 그 시절의 추억이 고스란히 남은 곳이다. 세상에 나가서 무엇을 할 것인가. 밤 1시가 넘어 주인은 먼저 가고 친구와 단둘이서 술잔을 기울이던 그 밤은, '술이란 무엇인가'의 정의처럼 남아 있다. 음악다방에 우리가 좋아하던 조동진의 신곡이 없어서, LP판을 사서 기증한 후 갈 때마다 신청해서 듣고는 했다.

학교와 기숙사에서 새로운 사람들을 만났다. 특히 기숙사는 시골 출신(서울 아니면 모두 시골)이 대부분을 차지하고 저녁을 함께 보내는 곳이라 절로 끈끈한 관계가 만들어졌다. 한 달에 한 번 나오는 특식(통닭 반 마리)을 안주 삼아 잔디밭에서 맥주를 비우기도 하고, 문득 코에 바람이 들면 휘파람을 불며 낙성대 길을 걸어 내려가곤 했다.

그때 만난 전국구 4인방은 '평생 친구'처럼 뭉쳐 다녔다. 출신지도 경기, 충청, 경상, 전라로 다양했다. 우리는 여름방학 때 고향 방문이란 깃발 아래 미니 국토 여행을 떠났다. 경기도 오산에서 충남 연기로, 경부선을 타고 부산을 찍은 후 광주의 무등산에서 마무리하는 여정이었다.

부산의 태종대에서 생선회를 처음 맛보는 인생 체험을 했다. 태종대 해안가에 차려진 좌판이 내 인생의 스승이었다. 비릿한 바다 향이 입안을 돌다 온몸의 세포를 저릿하게 자극하는 느낌은 잊을 수가 없다. 파도가 치는 탁 트인 바다를 바라보며 나는 말할 수 없는 오묘한 분위기에 사로잡혔다. 서해에 면한 영광 출신이지만 줄곧 내지에서 살았던 내게는, 여름에 가던 해수욕장이 바다의 전부였다. 아직 초딩 입맛이라고 해야 할까. 미나리나 쑥갓처럼 향이 강하거나 비주얼이 거시기한 포장마차의 안주류는

비호감이었다. 사회 물을 먹으면서 입맛도 변하듯이, 복집 같은
데 가면 이제 "미나리 추가"가 절로 나오니 역시 인간은 변화와
적응의 동물이다.

1987년 직장생활을 시작했다. 서울의 광화문에 사무실이 있었
다. 교보문고 뒤 피맛골을 비롯한 청진동 뒷골목이 활동의 주요
무대. 점심에는 무얼 먹을까 이리저리 배회하고 어둠이 내리면
뒷골목 술집을 전전했다. 대한민국 대표 맛집과 술집, 간판 해장
국집이 몰려 있는 곳이 바로 그 동네 아닌가. 사무실에서 스트레
스받는 일이 있을 때마다 저녁에 삼삼오오 모여 한잔했다. 날씨
가 영 흐리거나 번개팅으로 의기투합하면 그날은 '함께 퇴근하
는 날'이었다.

예전에 책 한 권 마치면 '책거리'를 하듯이 직장인들에게는 시시
때때로 회식이 있었다. 환할 때 사무실에서 하는 회의보다 거하
게 한 잔씩 돌리는 분위기가 격한 동지 의식을 자극했다. 회사
뒤 삼겹살집 '수송옥'이나 김치찌개가 간판 메뉴인 '미성식당'은
구내식당이나 다름없었다. 마성의 맛집, 마약 같은 술집들이 즐
비했다.

어느 겨울 한잔 얼큰하게 걸치고 집에 가려다 갑자기 내린 함박

눈에 발길을 돌렸다. 피맛골 단골집에 들러 따끈한 정종을 마시던 그 순간이 아련하게 떠오른다. 거기에는 열차집, 우정, 대림 같은 허름한 가게들이 무장을 해제한 채 우리를 기다리고 있었다. 좁고 가파른 계단을 따라 올라가 천장이 낮은 2층 방에 들어가면 포근하고 아늑한 느낌마저 들었다. 언제든 정겹게 맞아주는 고향 집처럼.

교보문고 뒤 '경원집'에도 자주 들렀다. 족발에 함께 나오던 재첩국이 좋았는데, 아예 냄비째 갖다주면 손님들이 알아서 덜어 먹었다. 유명한 분도 가끔 보였고, 알만한 동료들도 종종 마주쳤다. 재개발을 거쳐 지금 그 자리에는 고층빌딩이 들어섰다. 경원집은 그래도 경복궁역 쪽으로 옮겨서 단골을 계속 받았다. 한복 입은 아줌마와 이마가 꽤 시원해진 주인 남자가 늘 웃는 얼굴로 자리를 지켰다. 이전 후에도 추억의 동지들과 그 집에서 만나곤 했지만 어쩐지 옛날만큼 기분이 나지는 않았다. 그마저도 종내에는 한복대여점으로 바뀌고 말았다. 내 청춘의 소중한 한 페이지를 잃은 상실감에 마음 한구석이 허전해졌다.

단골집들은 하루의 피로에 지친 직장인들의 저녁을 위로한다. 지금 그 피맛골은 무늬만 남아 있지만, 그때 그 시절은 서로 어깨를 부딪치며 오가던 좁은 골목길이었다. 아는 사람을 우연히

만나 합석하는 때도 있었다. 정겨운 골목길, 사람 냄새가 물씬 풍기던 시절이었다. 단골집이 사라지면 우리의 추억이 함께 사라지는 것 같다. 지금 청진동 골목길은 예전의 모습을 찾을 길 없고, 가까스로 남은 몇 집이 옛 정취를 떠올리게 할 뿐이다. 청진동 해장국이나 열차집은 그나마 근처에서 손님을 맞는다. 그리움만 여운처럼 머무는 곳이다.

젊음을 함께 했던 단골집들이여 잘 가라. 그래도 그 시절, 내 인생은 늘 무언가를 찾아 살아 있었다. 자주 즐거웠으며 가끔은 아쉬움으로 서성이기도 했지만, 더없이 아름답고 행복한 시절이었다.

영국에서 놀란 3가지 이유

1998년 가을부터 2년간 영국에서 연수했다. 중부의 소도시인 Coventry 인근의 대학교. 36살 늦은 나이에 나는 '글로벌한' 세상에 뛰어들었다. 낯선 곳, 불편한 언어, 다인종 다국적의 사람들, 가장 먼저 맞닥뜨린 건 삼시세끼 만나는 음식이었다.

그때까지 나는 밥과 김치, 된장국이 전부인 '네이티브 코리안'이었다. 해외 생활을 시작하면서 '서바이벌의 일환'으로 요리에 발을 들였다. 가장 만만한 메뉴라고 여겨 요리법을 구한 콩나물국, 미역국, 황탯국 3총사가 첫 번째 임무였다. 고향 표 김치를 공수해서 먹고는 했는데 배달 사고로 거의 묵은지가 되어 도착한

적도 있었다. 자취 생활에 조금씩 이력이 붙으면서 나중에는 겉절이김치를 담가 먹을 정도로 일취월장(?)하는 보람도 느꼈다.

1. 해외 생활에서 가장 먼저 실감하는 것은 '다양성'이다

영국은 한때 세계의 중심지였다. 영국 음식이야 '테러블'하기로 유명하지만, 세계 각지 음식점들을 쉽게 찾을 수 있어 그나마 다행이었다. 객지 생활에 조금씩 녹아들면서 낯선 음식들과 만날 기회도 잦아졌다. 사실 선택의 여지가 없었다. 학교 식당에서는 영국의 흔한 음식이라는 '피시 앤드 치프스'나 '재킷 포테이토', 간편한 샌드위치로 점심을 때웠다. 기숙사에서는 가끔 리본 모양의 파스타를 만들어 먹었다. 학과 외식 때는 인도 음식점에서 탄두리 치킨과 난을, 이탈리아 레스토랑에서 정통 피자를 맛보기도 했다.

20여 명의 학과생은 다국적 연합군이었다. 그리스, 스웨덴, 이탈리아 등 유럽 각지는 물론이고 미국과 대만, 홍콩 등 세계 각지를 대표했다. 급우들을 기숙사로 초대한 어느 날은 불고기와 초밥을 준비했다. 그런데 생선회를 구경하기 어려운 동네라 초밥 재료를 구하는 게 문제였다. 궁리 끝에 마트에서 팔던 훈제 연어를 떠올렸다. 훈제 연어 초밥을 접시에 담아보니 모양이 그럴싸했고 급우들의 반응도 괜찮았다. 역시 음식은 만국 공통의 언어였다. 당시 초밥은 런던 시내에서 고급 음식으로 인기가 오르던 시절이기도 했다.

영국 생활의 즐거움 중 맥주를 빼놓을 수 없다. 학교 앞 '바서티(Varsity)'라는 펍에 갔는데 맥주 종류가 너무 많아 당황스러울 정도였다. 거기서 인생 맥주 기네스를 만났다. 진한 간장색의 비주얼. 첫인상은 별로였다. 시원하고 산뜻한 맥주 본연의 맛과는 딴판이었다. 그런데 묘한 중독성이 있었다. 온몸으로 은근하게 퍼지는 쌉쌀한 맛에 묵직한 바디감이 느껴졌다. 분위기 업으로 과음해도 다음 날 아침 속이 편했다. 펍에 갈 때마다 "원 파인트* 오브 기네스"라는 말이 자연스럽게 나왔다. (*파인트(Pint)는

0.568ℓ)

점차 맥주에 빠져들었다. 아일랜드, 벨기에, 프랑스, 네덜란드 등 나라마다 브랜드가 화려했다. 맑고 청량한 라거부터 맛과 향이 풍부한 에일과 흑맥주까지, '고원의 야생마' 느낌이 나는 10도 넘는 맥주까지 종류도 다양했다. 새로운 맥주를 맛보면 새로운 곳을 여행하는 느낌이 들었다. 실제 해외여행 때 로컬 맥주를 맛보는 것도 큰 즐거움이다. 요즘에는 편의점에서 세계맥주를 볼 때마다 추억의 친구들을 만난 것처럼 반갑다.

2. '토론과 양보'로 두 번째 놀랐다

영국의 학교 수업은 '도전과 응전'(?)의 연속이었다. 보통 강의와 토론이 반반. 세미나식 수업이 기본이고 토론과 발표는 일상이었다. 교실 책상은 질답과 논쟁이 이뤄지도록 마주 보게 배치했다. 우리도 요즘엔 세미나 수업, 학생들 발표와 조별 팀워크 활동 등 참여가 일반화됐다. 하지만 당시 국내 대학원에서 개인 발표 두어 번 한 게 전부였던 내게는 무척 생소했다. 더구나 영어가 버벅대는 상태라 수업내용을 따라가기 벅찼고 토론은 언감생심이었다. 남들 앞에 잘 나서는 성격도 아니었다.

마침내 개인별 발표일이 다가왔다. 나는 내용을 영어로 얼추 적어서 외웠다. 발표 마지막에는 이런 말을 덧붙였다. "영어 발표는 난생처음이니 질문은 슬로 템포로 부탁함. 이상 발표 끝." 다행히 질문은 없었다. 수업 과제로 에세이를 제출할 때면 유료로 현지인 전문가의 '교정(proofreading)'을 받아 제출하기도 했다. 채점을 거쳐 학생에게 돌려주는 에세이에는 교수의 친절하지만 단호한 평가가 부기되어 있었다. 국내에선 본 적이 없어 퍽 인상 깊게 느껴졌다. 논리적이다, 정리가 잘 되어 있다, 주장이 약하다... 등.

초기 적응에 애를 먹지만 한국 유학생들은 특유의 성실함과 파이팅으로 모범 완주하는 경우가 많다. 유년 시절부터 스파르타식 교육(?)에 단련된 결과가 아닌가 싶다. 차츰 눈칫밥이 늘자 토론도 어느 정도 따라갈 만큼 적응했다. 연수가 끝나 귀국한 뒤 영어 쓸 일이 줄어들자, 까먹는 것은 순식간이었다.

그들의 운전 습관 중에 유난히 기억에 남는 것이 있다. 좁은 골목길에서 차들이 서로 마주쳤을 때 누가 먼저 갈 것인가. 그들은 자주 상향등을 깜박거린다. 처음엔 놀랐는데, 경고가 아니라 양보 신호다. "유 퍼스트(애프터 유)." 몇 번 경험하다 보면 나도 모르게 상향등을 남발하게 된다. 사소한 것에도 선한 영향력이 따른다는 걸 실감하는 순간이다. 우리도 비상등 깜박이는 것이 감사의 표시로 통용되니 기분 좋은 일이다. 또 하나. 수동문을 열 때 뒤에 사람이 따라오는 경우 꼭 문을 잡아준다. 마주친 상태에서 서로 문을 통과해야 할 때 "I insist(제 뜻대로 꼭!!)"라며 끝내 양보하는 사람을 만난 적도 있다.

3. 세 번째로 부러운 그들의 모습은 풀뿌리 문화다

뒷골목까지 스며 있는 그들의 생활문화는 부러웠다. 영국에는 서민들의 안식처이자 동네 선술집인 '펍'이 참 많다. 펍은 '퍼블릭 하우스(Public House)', 공공장소란 뜻이다. 예전에 마을마다 삼삼오오 모여서 토론과 교류가 이루어지던 장이어서 붙은 이름인데, 1990년대엔 6만여 곳까지 성업했다고 한다. 큰 도시 이면도로부터 시골 동네까지 실핏줄처럼 퍼져 있어 어디서나 쉽게 만날 수 있다.

영국 생활 중에 여기저기 골목을 다니며 분위기 좋은 펍을 순례했다. 다양한 맥주를 맛보는 것이 큰 즐거움이었다. 11시에 댕댕댕 '라스트 오더'의 종이 울리면 아쉽기도 했다. 그런데 펍은 술만 마시는 곳이 아니었다. 일종의 동네 사랑방 같은 느낌이 들었다. 역시 '퍼블릭 하우스'가 맞았다. 가끔 집 주변의 후미진 골목에 있는 펍에 갔는데, 의외로 나이 지긋한 할머니 할아버지들이 많이 눈에 띄었다. 그들은 끼리끼리 맥주잔을 기울이며 시간을 보내고 펍 안에 있는 포켓볼도 즐겼다. 일상의 공간에서 인생을 즐기는 모습이 보기에 좋았다. 우리의 노년 세대들을 상징하는 탑골공원이나 시골의 마을회관과는 분위기가 사뭇 달랐다.

대학교도 커뮤니티의 중요한 축을 이루고 있어 흥미로웠다. 학교 안 아트센터에서 본 <노팅힐>(1999)이라는 영화의 상당수 관객은 할머니 할아버지들이었다. 줄리아 로버츠와 휴 그랜트가 출연한 로맨틱 코미디영화에 머리 희끗희끗한 올드팬이라니…. 실버 영화관을 찾는 우리네 어르신들과는 달랐다. 교내 갤러리나 콘서트홀, 체육시설도 마찬가지로 개방적이었다. 대학이 지역 주민들과 하나의 생활공동체로 어우러져 있다는 것을 알 수 있었다.

물론 영국에서 느끼는 차별도 은근히 심하다. 일상생활부터,

주거지나 사회 시스템까지 곳곳에서 느러난다. 덴마크 출신의 급우인 피터는 졸업 후에 '케임브리지대 출판사' 입사에 실패한 사실을 얘기하며, 유럽인인 자기에게도 벽이 높다고 하소연한 적이 있다. 하물며 학비도 비유럽권이라고 몇 배를 더 받는 동양인에게는 오죽하겠는가.

영국에도, 우리에게도 많은 변화가 진행 중이다. 브렉시트 현실화 이후 영국의 미래가 어디로 흐를지 궁금해진다. 그들의 일상이 금방 바뀌진 않겠지만, 양보와 다양성, 풀뿌리 시민사회의 문화만큼은 선한 영향력으로 계속되기를 바란다.

그해 5월,
홀로 산사에서 나를 돌아보다
- 시간이 멈춘 곳에서 작아지는 연습

2020년 5월에 공주의 갑사를 찾았다. 삼국시대에 창건한 유서 깊은 고찰이다. 절 뒤쪽으로는 계룡산 자락이 병풍처럼 두르고 있다. 산은 845m로 그리 높지 않아도 산세가 아름답고 웅장하다. 눈이 닿는 곳 끝까지 초록이 짙게 물든 늦은 봄이었다. 오랜만에 도시를 떠나 맑고 투명한 공기를 가슴 깊이 들이마신다. 쳇바퀴처럼 정신없이 돌아가던 일상이 보인다. 주변에는 아무도 없다. 템플스테이 2박 3일간 자신과 오롯이 마주 앉았다. 30여 년간 다니던 직장에서 짐을 정리하고 나온 날이었다.

... 지금까지 잘 달려왔다. 가다 보면 어디선가는 멈추게 되는 법

이다. 오르막이 있으면 내리막이 나오기도 하고, 새로운 길로 들어설 때도 있다. 때로 산을 만나고 물을 건너기도 한다. 잠시 길가에서 쉬거나 산비탈 바위에 앉아 자신을 돌아보는 여유도 필요하다. 지나간 길에 회한이 남더라도 모두 두고 가자. 천천히, 시간을 어루만지는 기분으로 돌아보면 된다….

다음 날 새벽 일찍 눈이 떠진다. 아무런 소리나 기색도 없이 사위는 적막하다. 이렇게 홀가분할 수가! 무거운 짐을 내려놓은 기분이다. 내 속 깊은 곳에서 말할 수 없는 어떤 기운이 온몸을 천천히 감싼다. 이내 조금씩 뜨거워지면서 솟아오르는 것을 느낀다. 새로운 길을 가보자. 이제는 지나온 길보다 지금과 앞으로가 중요하다.

아침 일찍 산에 올랐다. 산이 내뿜는 특유의 정기로 예로부터 신비롭고 영험한 기도처로 유명한 곳이다. '계룡(鷄龍)'은 주 능선이 흡사 닭 볏을 쓴 용의 모습을 닮았다 하여 붙인 이름이라고 한다. 능선이 아늑해 보이지만 산속 깊은 곳에 많은 골짜기가 숨어 있어 계절이 바뀔 때마다 변화무쌍한 모습을 연출한다.

완만한 경사로를 가볍게 걷기 시작했는데 점차 좁고 가파른 길이 나온다. 폭포를 지나자 계속 돌길과 계단이다. 울창한 숲 사이로

울퉁불퉁한 바위들이 골짜기 따라 아득히 이어진다. 문득 산속 깊이 들어온 나도 산 일부가 된 것 같다. 차오르는 숨을 고르며 잠시 발걸음을 멈추고, 이마에 흐르는 땀을 식힌다. 갑작스러운 산행이라 다리가 뻐근해 오고, 가파른 돌길을 오르느라 발목에 피로감이 쌓이는 것도 느껴진다. 어느새 2시간여 올랐나 보다. 드디어 고갯길 마루다.

갈림길에서 보니 '남매탑'으로 가는 안내판이 나온다. 학창 시절 교과서에서 배운 애틋한 전설의 남매탑, 그런데 그 길은 대전에 가까운 동학사 방면으로 가는, 경사가 심한 하향길이다. 문제는 다시 돌아와야 한다는 것이다. 올라갈 때는 내려올 걸 기약하니 고지가 저기다, 하며 힘을 내는데, 반대라면 왠지 멈칫하게 된다. 우리네 인생도 이와 다를 것이 없다. 갈까 말까 고민이 된다. 언제 또 이 길을 기약할 수 있을까. 급한 일도 없는데, 라며 애써 마음을 다잡고 길을 재촉한다. 시간에 여유가 있어선지 마음이 너그러워지는구나. 4시간여 산행하고 돌아와 보니 어느새 점심 때다. 허기가 엄습하는 순간이다. 소박한 절밥이 이렇게 맛있을 줄이야.

둘째 날이 지나자 여러 명이 참여한 업무 단톡방이 조용해졌다는 것을 알았다. 시도 때도 없이 그렇게 울려대지 않았던가. 매일 새벽부터 계속되는 일정, 빈틈없이 이어지는 하루, 휴일에야 겨우 한숨 돌리지만 언제라도 예고 없이 사건 사고(?)는 돌출한다. 이제 나는 정적 모드로 전환한다. 조금씩 작아지면서 본래의 나로 돌아가는 것이다. 이제야 내가 중심이 되는 날이 시작되는 것 같다. 스스로 발신자가 되어 내 인생의 벨을 울리자. 진정한 자신을 찾아가는 새로운 여행을 떠나자.

글을 쓰면서 직장을 나올 당시 동료들에게 남긴 인사말이 생각난다.
… 오랫동안 앞만 보고 달려오면서 잊었던 꿈들이 되살아납니다.

60대 문학청년의 꿈도 저의 가슴을 뛰게 합니다….

그해 9월 1일에 브런치로부터 작가로 글을 쓸 수 있다는 연락을 받았다. 아직 갈 길은 멀지만, '시작이 반'이라고 지금 이렇게 쓰는 것만으로도 행복하다. 인생의 성장은 끝이 없다. 계속 나아가는 과정이 있을 뿐이다. 오늘도 뭔가 새로운 일을 해나갈 기대로 하루를 시작한다. 어제 하지 않은 일로 하루를 가득 채울 수 있다면 더할 나위 없이 좋을 것이다.

90년대생 아들과 떠난 3번의 여행

1. 코로나 직전 베트남 다낭으로 여행을 떠났다

2020년 1월 말에 3박 5일로 떠난 가족여행 추진의 전권은 아들이 맡았다. 모든 프로그램을 구상하고 기획하며 상세 일정을 점검하는 여행 감독 역할이다. 원하는 프로그램이 가능한지, 날짜와 동선, 가격과 세부적인 계약관계를 알아보느라 아들은 바쁘게 움직였다. 귀찮을 법도 한데 전혀 아니었다. 상당히 설레고 신나는 표정으로 여행 준비를 즐기는 것이었다. 하긴 모든 여행은 가기 전부터 즐거운 법 아닌가. 저녁에 진행 상황에 대한 브리핑을 받은 우리 부부는 최종 결제를 했다. 기획자의 심기(?)를 건드

리지 않는 선에서 우리가 조심스럽게 제안이나 조언을 곁들이면 가능한 만큼 전체 일정에 반영됐다.

우리 가족이 대만족한 최고 넘버 1은 아들이 강추한 '쿠킹 클래스'였다. 베트남 로컬푸드 몇 가지를 직접 만들어보고 그 음식을 함께 즐기는 특별 체험 프로그램이었다. 강을 면해 있어 전망이 확 트인 현지 가옥 마당에서 우리는 소풍 나온 아이들처럼 잊을 수 없는 시간을 보냈다. 날씨는 온화하고 강에서 가끔 부는 바람은 시원했다. 요리 수업을 진행하는 젊은 베트남 여성도 친절하고 상냥해서 기분이 좋았다.

에어비앤비를 통해 예약한 숙소도 만족스러웠다. 가격도 저렴한 편인데다 베트남 가정집의 소박하고 정갈한 분위기가 느껴졌다. 이동할 때는 동남아의 우버라고 할 '그랩'이 필수. 예약한 야간 유람선 투어가 악천후로 두 차례나 취소됐을 때는 숙소에서 배달 음식을 먹으며 급히 대체 일정을 알아보기도 했다.

3일간 밀착해 지내다 보니 50대 부부의 잔소리가 늘어난 모양이다. 은근히 짜증 섞인 아들의 반응이 이어진다. 그래서 마지막 날은 각자 일정을 하기로 전격 제안했다. 우리 부부와 아들, 두 팀으로 나누어 자유시간을 보내자는 말에 녀석의 표정이 확

살아난다. 우리도 사실 몸과 마음이 피곤했다. 20대의 '진격' 스케줄대로 쫓아다니느나 힘들었으니 말이다.

우리는 아들에게 이용법을 배운 '그랩'으로 택시를 불러 해변으로 방향을 잡았다. 쌀국수 점심을 먹고 바다가 보이는 카페에서 커피를 마셨다. 날씨는 흐렸지만, 기분은 차분해졌다. 자연스레 여유 모드로 멍때리기에 빠져들었다. 근데 아들은 시내 쇼핑을 하며 계속 돌아다닌 눈치였다. 역시 젊음이 좋다. 노는 것도 젊어서 하라고 하지 않나. 세대 따라 사는 방식, 즐기는 방식이 다르다는 걸 절감한 여행이었다.

2. 10월의 고향 방문도 기억에 남는다. 장거리 운전 여행이다

할머니가 계신 전남 영광까지 서울에서 4~5시간의 먼 길이지만 아들은 설레는 표정이다. 운전에 재미가 붙었기 때문이다. 둘이서 번갈아 운전하는 것은 처음이다. 아직 초보에 학생이지만 기회만 있으면 운전대 잡기를 자청한다.

운전면허를 딴 아들은 군 제대 후 내게 본격적으로 도로 운전 교습을 받았다. 운전 교습 중에 부부든 가족이든 여차하면 싸우기 쉽다고 하는데, 나는 절대로 '버럭 남'이 되지는 말자고 다짐했다. 다행히도 아들은 기계 다루는 솜씨나 운전 감각이 그리 나쁘지 않았다. 왕초보치고는 그런대로 안정감이 있는 편이었다. 욱하려는 때가 있긴 했지만, 내 초짜 시절을 상기하며 속으로 '친절 남'을 두 번, 세 번 되뇌었다. 속도가 높아지면 "슬로!!"를 외치는 것이 가장 잦은 지적이었다. 상암동 넓은 도로와 자유로, 성북동 골목길과 북악 스카이웨이까지 10여 차례 거리로 나섰다. 기본을 통과하자 가속과 정지를 연습했다. 예전에 '코너링이 좋아 운전병에 특별 선발되었다'라는 얘기처럼 숙달 운전의 백미는 코너링이다. 영화 <기생충>에서 뒷자리에 앉은 박 사장(이선균)이 물컵의 기울기로 기택(송강호)의 노련한 커브길 운전실력을 간파하는 대목도 나온다.

그런데 운전의 기본이라면 부드러운 가속과 정지 아닐까. 뒷자리의 회장님이 차의 움직임을 전혀 느낄 수 없을 정도로 짧은 숙면에 빠질 수 있게 하는 것이 핵심이다. 이른바 '회장님 운전'인데 우리는 '아트 드라이빙' '아트 브레이킹'이라고 이름 지었다. 가속페달이나 브레이크를 살짝 나누어 밟으면서 차의 방향과 속도를 매끄럽게 조절하는 방식이다. 특히 정지할 때 마지막 부분에서 차가 덜컹대는 느낌이 없어야 한다. 신경 쓰면서 운전을 오래 하다 보면 몸에 저절로 배게 되는 습관이다.

운전은 인생을 닮았다. 급하게 서두르면 위험한 상황이 생기거나 때로 사고가 난다. 안전과 양보의 운전은 조금 느릴지 몰라도 심신이 편안하다. 먼 길 갈 때 자동차는 단순한 교통수단이라기보다 친구이자 동반자로 함께 간다는 자세가 필요하다. 아들과 장거리 여행을 하다 보면 많은 대화를 하게 돼 서로의 생각을 나눌 수 있어 좋다. 가족 간의 정과 유대감도 절로 깊어진다. 어머니 홀로 계신 시골에 도착하여 보내는 저녁 분위기도 한층 고조된다. 운전을 함께 한 동지 의식에다 시골 밭의 고구마를 캐며 수고한 노동의 보람이랄까. 청명한 가을, 하늘의 별빛이 내리는 앞마당에서 바비큐 판이 펼쳐졌다. 가을이 주는 자연의 선물이 풍성하다. 한우와 전어, 대하가 맛있게 익어간다. 디저트는 달콤한 군고구마.

3. 2021년 1월의 강화도 엠티 - 세대 충돌의 순간

2021년 1월 아들과 둘이서 1박 2일 한겨울 엠티를 떠났다. 중년의 아버지와 MZ세대 아들과의 단합대회라고 할까. 가족여행의 예약 담당은 검색에 능한 아들. 10여 분 만에 찾아낸 강화도 서남쪽 끝의 숙소는 '낙조가 예쁜 바닷가 독채 펜션'이었다. 늦게 도착해 해지는 풍경을 보지는 못했지만, 우리만의 단합행사를 치르기에는 최적의 장소였다.

우리는 벼르던 캠핑용 바비큐 파티를 준비했다. 아주 두툼한 토마호크 스테이크에 도전해보기로 했다. 한마디로 요즘 낭만 캠핑의 극강 상징. 특히 코로나 와중에 인기 있는 차박이나 야외 활동에 딱 어울리는 메뉴다. 근데 이 두꺼운 고기를 어떻게 맛있게 굽나. 둘 다 처음인데 나중에 들어보니 아들은 상당히 기대한 듯 미리 요리법도 공부하며 준비했다. 약간 멈칫거리는 목소리였지만 새롭고 놀라운 방법을 한번 시도해 보겠다고 한다.

불 멍에 빠질 정도로 숯불이 타오르고 있었다. 아들은 검붉게 이글거리는 숯 더미 바로 위에 토마호크를 살짝 던져 넣는다. 석쇠나 그릴 없이 직화 중 직화였다. 고기에 불과 재가 바로 달라붙었다. 헉! 나는 잠시 충격에 빠졌고 한참 동안 말을 잃었다. 상상하지 못한 놀라운 방법이었다. 잠시 숨을 돌리고 나서, 나는 "이렇게 구운 고기는 먹기에 좀 꺼림칙하지 않겠느냐, 그냥 석쇠 위에서 굽자."고 했다. 중년의 보수 세대가 저항(?)하자 아들도 처음 시도라서 그런지, 약간 멈칫하며 물러섰다. 알고 보니 '케이브맨(caveman) 스타일'이라고, 원시시대의 동굴 생활을 따라한 방법이었다. 겉은 바삭하고 안은 육즙이 가득한 불맛이 느껴진다는데, 너무 강렬한 원시적인 방법이어서 선뜻 받아들이기 어려웠다.

약간의 싸한 분위기 뒤에 친해지는 걸까. 술맛은 더 좋아지는 것 같았다. 와인과 고소한 땅콩 막걸리를 마시며 우리는 인생의 방황기에 관한 얘기를 나누었다. 대학 시절 나는 이런저런 사정으로 학교생활에 흥미를 잃은 채 3학년을 마치고 다음 학기 등록을 포기했다. 38년 전 겨울 눈이 많이 내린 두메산골에 틀어박혀 세상을 완전히 잊고 지냈다. 3학년을 앞둔 아들 또한 좋은 학점과 온갖 스펙으로 취업전선에 뛰어드는 게 자기의 인생인지 고민이라고 한다. 진정 자기가 원하는 길이 무엇인지 찾고 싶다는 것이다. 어려서부터 축구를 좋아해서 자연스레 스포츠 에이전트의 꿈을 키우기도 했다. 요즘은 중학교 시절 푹 빠졌던 음악이 자신의 가슴을 뛰게 한다고 말한다.

그 겨울, 내 인생의 진로를 정하고 3년 뒤에 평생의 직업을 찾았다. 지금 그때의 심정으로 아들의 꿈과 인생길을 응원한다. 조금 늦거나 돌아가더라도 모든 인생에는 자신의 길이 있는 법이다. 90년대생 화이팅!

3부

여행은 일상이다

날마다 여행하듯이 사는 4가지 방법
- 여행하는 일상을 살면 지금 여기서 행복해진다

일상은 큰 변화 없이 반복된다. 하지만 막상 일상이 깨지면 모든 게 불확실해진다. 재난이나 질병, 특정한 사건이나 사고라는 불청객으로 고통을 겪기도 한다. 아이러니하게도 루틴이 깨지면 외려 루틴이 그리워지는 법이다. 바로 요즘이 그런 시대 아닐까.

일상을 떠나는 가장 간단한 방법이라면 단연 여행이다. 여행은 따분한 일상에서의 탈출이고 변화니까. 코로나 팬데믹으로 돌연 이동이 멈춘 순간, 우리는 절감했다. 역설적이게도 여행이 일상이었다는 걸 말이다. 도돌이표 같은 일상에 활력을 주는 여행도 사실은 우리 생활의 루틴이었다. 차이점이라면 조금은 이벤트성이고 비정기적으로 반복된다는 점이다. 다시 그 일상으로 돌아가는 길은 무엇일까. 바로 가까운 데서 여행하는 것처럼 살면 된다. 날마다 반복되는 일상을 설레는 여행 모드로 사는 방법에 관해 생각해본다.

> 여행은 일상을 그림처럼 액자 속에 놓거나 보석처럼 세팅함으로써,
> 그 고유한 특성이 더욱 뚜렷해진다.
> 여행은 일상에 선명한 윤곽과 예술적 의미를 부여한다.
> - 작가 프레야 스타크

1. 웬만하면 걷는다. 맨날 그 길이 아니라 오늘은 다른 길로 돌아간다

모든 여행은 걷기에서 시작해 걷기로 마무리한다. 두 발로 땅을 딛고 걷다 보면 사람이 스치는 거리가 보이고 자연을 가까이서 느낄 수 있다. 걷기는 인간의 감각과 몸의 속도에 가장 잘 어울린다. 기차나 승용차, 비행기는 빠르고 편리하지만 모든 것을 스쳐 지나간다.

걷기는 언제 어디서나 가능하다. 운동이면서 여행이다. 파워

위킹도 좋지만, 여행자라면 느긋하게 걷는 걸 추천한다. 똑같은 길 대신에 낯선 길로 한 발자국 내딛는 게 여행이다. 지름길이 아니라 새로운 길로 돌아가는 거다. 어제 이 길로 갔으면 오늘은 다른 샛길이나 골목길에 들어서 본다. 뜻밖의 풍경이 기다리고 있을지도 모른다. 여행의 매력은 의외성과 우연성이다. 일상에서 느끼는 이런 자잘한 놀라움이야말로 여행이 주는 선물이다.

나는 골목길 여행을 즐긴다. 새로운 곳, 색다른 가게를 발견하는 것도 재밌다. 어떤 길은 포근하고 사람 사는 온기가 느껴져 기분이 좋아진다. 평일엔 안국동이나 삼청동 길, 종로 5가 쪽으로 자주 걷는다. 낯선 골목길을 일부러 찾아 들어가 본다. 주말에는 부부가 함께 걷는다. 동네 주변을 산책하거나 장보기 삼아 전통시장을 들르기도 한다. 공기가 맑은 날이면 서대문 안산과 인왕산의 자락길을 즐겨 찾는다.

2. 날마다 오늘의 관찰 포인트, 여행 주제를 정한다

여행을 떠나는 기분으로 하루를 시작한다. 먼저 오늘의 관찰 포인트를 생각한다. 바로 그날의 여행 주제다. 일상의 루틴이 반복되면 누구나 비슷한 생각, 비슷한 기분에 빠지기 쉽다. 스마트폰만 뒤적일 게 아니라 사람들과 거리를 관찰하는 것이다. 특정 색깔, 특정 자동차, 특정 패션을 눈여겨보는 건 어떨까. 더운 여름이라면 시원한 하늘색인 '스카이 블루' 콘셉트로 여행을 해보자. 그런 색깔의 차와 패션을 찾아보는 것도 좋다. 그리스 산토리니의 그림 같은 풍경과 지중해 푸른 바다를 상상하면서 말이다.

상점가를 지나치면서는 재미난 간판을 눈여겨본다. 기발한 발상으로 보는 사람을 기분 좋게 만드는 그런 집이 있다. 나중에 한 번 가봐야지, 하고 점찍어둔다. 그날의 주제 가게를 찾아보는 것도 재밌다. 카페, 술집, 점집, 자기 이름이 상호로 들어간 집 등등. 내가 평소에 관심 있는 주제일수록 그날의 일상 여행이 설레고 흥미로워진다.

3. 먹는 시간에는 맛집 기행을 떠난다

가끔은 많은 사람이 찾는 '뜨는 거리, 새로운 맛집'에 가보는 것
도 좋다. 최신 유행과 흐름을 살펴보고 체험하는 장점이 있다.
소셜미디어로 검색하면서 요즘 사람들의 취향은 어떤 건지 확인
하는 것도 흥미롭다. 뜨는 거리가 아니어도 요즘엔 세계 여러 나
라의 요리를 맛볼 수 있는 맛집을 주변에서 어렵지 않게 찾을 수
있다.

단골집이냐, 새로운 맛집이냐, 어떤 메뉴를 고를 건지 고민하다

보면 자신의 식성과 취향도 분명히 알게 된다. 나는 사실 단골집을 선호하는 안정형에 가깝다. 부부가 비슷하다. 메뉴가 그리 까다롭진 않다. 우리는 종종 과감한(?) 시도를 한다. 새로운 곳을 고르는 일은 약간의 위험이 있지만 기대와 호기심도 따른다. 변화를 주면 의외의 소득도 얻는다. 인생이 걸린 큰 결정도 아닌데 뭐 어떤가. 잘 건지면 새로운 단골이 되고, 그렇게 단골집이 늘어가는 재미도 쌓인다.

4. 미디어를 통해 여행을 경험하면서 '찐 여행'을 준비한다

요즘 같은 시대엔 간접 경험도 좋다. 언제든 내가 원할 때 집구석, 방구석에서 여행을 즐길 수 있어서다. 여행지에서 가이드가 실시간으로 여행을 안내하는 '랜선 투어' 상품이 인기다. 현지의 시간에 맞춰 내 방에서 노트북을 켜면 현장에 있는 가이드가 실시간으로 길을 걸으며 여행을 안내하는 것이다. 나는 방에 앉아 가이드와 댓글로 소통하며 화상 여행을 떠난다. 시원한 치맥과 함께하면 금상첨화. 나도 바르셀로나, 피렌체, 베네치아 등

몇 군데를 여행했는데 가성비도 좋고 나름대로 여행 분위기를 느낄 수 있다.

가장 손쉬운 건 역시 독서다. 직장 근처 서점을 찾아가 여름엔 피서를 겸하면서 책을 골라 본다. 정기적으로 서점을 방문하면 새로운 추세를 아는 데도 도움이 된다. 실감 영상과 함께 하는 방송 프로그램은 만족감이 더욱 높아진다. 내가 가장 애정하는 건 <한국기행>이다. 국내 방방곡곡의 아름다운 자연과 소박한 사람들의 삶을 들여다볼 수 있어 마음이 푸근해진다. <세계테마기행>이나 <걸어서 세계 속으로>는 안방에서 바로 해외로 날아가는 마법을 경험할 수 있게 한다. 흥겨운 오프닝을 보고 듣기만 해도 콧노래가 나오면서 여행 기분에 빠진다. 블로그나 브런치의 여행 글도 즐겨 찾는 메뉴다. 시간이 날 때마다 작가들의 생생한 여행기를 맛볼 수 있다. 언론사, 포털사이트와 SNS에서는 여행지와 숙박업소에 관한 다양한 정보를 얻는다. 코로나가 물러간 이후 가고 싶은 곳의 리스트가 벌써 수북하다.

여행은 여행자와 낯선 풍경의 조우에서 시작한다. 익숙한 곳을 떠나 처음 만나는 장소에서 느끼는 설렘과 경험이 여행의 본질이다. 작가 폴 볼스는 "최고의 여행기 주제는 작가와 장소 사이의 갈등이다."라고 했다(폴 서루의 <여행자의 책>). 낯선 장소에서

느끼는 생경한 기분을 '갈등'이 아니라 '유쾌한 체험'으로 바꾸어 나가는 것, 이것이 여행의 진정한 매력이 아닐까. 일상의 소소한 순간마다 여행의 이런 아기자기한 재미를 만들어 나가면 행복은 커진다. 일상을 여행처럼 사는 건 지금 여기서 시작된다.

걷고 싶은 거리, 놀고 싶은 거리

여행의 개념이 바뀌고 있다. 여행과 일상의 경계가 사라지고 있다. 살던 지역을 잠시 떠나 낯선 곳으로 이동하는 것이 여행이었다. 언제부터인지 여행을 위한 이동 거리가 줄어들고 있다. 짐 꾸려서 먼 길 가는 것만이 아니라 가까운 데서도 얼마든지 여행 기분을 즐긴다. 집이나 사무실을 벗어나 잠깐 근처의 카페나 교외의 맛집을 찾는 것이 흔한 풍경 아닌가.

주말에는 가볍게 차려입고 동네를 한 바퀴 거니는 게 일상이다. 동네의 오래된 뒷골목이나 후미진 길로 이리저리 다니는 것도 재미있다. 예쁜 카페나 밥집, 독립서점과 소품 가게를 발견하는 것은 뜻밖이 수확이다. 집 주변의 대학가 주변을 걷다가 발견한 인도 카레 전문점은 어느덧 단골이 되어 종종 찾곤 했다. 가끔 포장이나 배달로 주문도 하고. 그런데 긴 코로나 불황을 견디지 못하고 끝내 문을 닫아 안타까웠다.

길을 걷다 보면 어떤 거리는 마음이 푸근해지면서 또 가고 싶어지는데 어떤 곳은 그렇지 않다. 왜 어떤 길과 거리는 사람들이 많이 모이고 걷기에 좋을까. 그런 곳은 명동이나 홍대 거리처럼 작은 가게가 밀집한 경우가 대부분이다. 넓은 도로가 시원하게 펼쳐진 강남대로나 테헤란로는 어쩐지 걷고 싶은 길로 떠오르진 않는다.

건축학자 유현준은 <도시는 무엇으로 사는가>(2015)에서 이벤트 밀도가 높고 속도는 느린 거리가 걷기에 좋다고 말한다. 기본적으로 인간의 시선과 체격에 부합하는 '휴먼 스케일'이 적용된 작은 건물이 이어진 거다. 단위 거리당 점포가 많은 곳은 볼거리가 많고 새로운 이벤트를 만날 가능성이 크다는 것이다. 자연스레 보행자가 만족할 만한 변화를 자주 체험할 수 있다. 강북의 옛 도심과 주거지역이 대표적인데 오랜 세월에 걸쳐 소규모 건물과 점포가 자연발생적으로 형성된 곳이다. 반면 강남의 거리는 도시계획으로 큰 건물과 자동차 도로가 중심이고 상가는 건물

내부와 지하로 숨어들어 확연하게 차이가 난다. 요즘엔 강북의 도심도 재개발이 계속 이루어지면서 예전 같지는 않다.

사람이 많이 모이는 곳과 걷기에 좋은 거리가 꼭 일치하는 것은 아니라는 생각이 든다. 사람이 많은 곳은 걷기보다는 놀거나 구경하기에 적당할 수 있다. 그런 거리는 먹고 즐기는 데 필요한 가게와 편의시설이 널려 있다. 걷기에 좋은 곳은 약간 다르다. 적당한 볼거리가 있으면서 거리도 깔끔하고 정갈하게 정비된 곳이다. 약간의 여유와 휴식, 이야기가 있는 거리의 분위기가 떠오른다.

최근 자주 가는 곳 중에 놀고 싶은 거리로는 단연 익선동과 종로3가역 근처가 생각난다. 익선동이야 힙플, 핫플로 이미 알려진 곳이다. 어떤 집은 가격대가 제법 있지만, 가성비 좋은 맛집과 명소가 즐비하다. 찾아서 즐기는 재미가 쏠쏠하고 나만의 단골집을 만들어가는 것도 추억이 된다. 저녁이나 주말은 사람들의 발길이 분주하게 몰린다.

봄철이 지나면서 하루의 긴장이 풀리는 선선한 석양 무렵이면 야외 길목이 인기 최고다. 종로3가역 쪽으로 이어지는 고깃집 바깥 자리와 포장마차는 인파가 꽤 붐빈다. 코로나19로 억눌린 사람들의 피로감이 어느 정도인지 짐작이 간다. 탁 트인 곳에서 홀가분한 기분으로 한잔하는 것이다. 투명 칸막이를 사이에 두고 기울이는 술잔과 왁자지껄한 분위기는 코로나 이전 어느 날의 풍경을 떠오르게 한다. 그런 자유롭고 활기찬 일상을 하루빨리 되찾으면 좋겠다.

걷고 싶은 거리로는 서울공예박물관이 있는 안국동 사거리에서 정독도서관으로 이어지는 길을 꼽고 싶다. 그렇게 길진 않지만, 분위기 있는 돌담길이 덕수궁 오리지널 그 돌담길을 잠시 연상하게 한다. 일방통행 길로 가끔 자동차가 지나가지만 걷기에 아늑한 편이고 고즈넉한 느낌을 준다. 덕성여고 끝 쪽에 이르면 익선동처럼 뉴트로 풍의 깔끔한 가게들이 보행자의 눈길을 끈다. 2021년 5월에 문을 연 서울공예박물관은 사진 찍기 좋은 '인스타 명소'로 데이트 코스로도 인기가 높다.

익선동은 예전 주택가 골목길이라 사람들이 어깨를 부딪치며 지나치는 좁고 정겨운 분위기의 길이다. 이와 달리 안국동 길은 한결 널찍하여 여유가 느껴지는 데다 하늘도 시원하게 열려 있어 마음마저 편안해진다. 걷기에 넉넉하게 긴 거리는 아니지만 삼청동이나 북촌으로 이어지는 갈림길을 골라잡아 계속 걸을 수 있어 좋다. 기분 내키는 대로 길을 걷다가 맘에 드는 가게가 보이면 잠시 숨을 고르면 된다. 언세고 발걸음이 가벼워지면 다시 천천히 길을 나선다.

이런 길이 많아질수록 거리는 아름다워지고 도시는 한층 활기를 띤다. 길이 있으면 사람들이 찾고, 사람들이 찾다 보면 자연스레 새롭고 멋진 길이 또 만들어질 것이다.

적막에 싸인 무릉계곡으로 들어가다
- 동해, 울진, 청송으로 비대면 여행

2020년 5월 말 동쪽으로 떠났다. 저녁 어스름 무렵에 바다가 저 멀리 보이는 강릉 해안 길을 천천히 달렸다. 길옆으로 이어진 초여름의 논에서는 개구리와 맹꽁이가 제법 우렁차게 울어대고 있었다. 얼마 전 시골의 고향 집을 찾았을 때 저녁마다 들어 익숙해진 자연의 소리다. 고음의 청개구리가 앞장서고 참개구리는 중후하게, 저음의 맹꽁이가 느릿하게 따라나선다. 서울 도심을 벗어났더니 몇 시간 만에 별천지에 온 기분이었다. 고향에 다시 온 듯 마음이 푸근해진다.

강릉에는 볼거리, 먹을거리가 많다. 사람이 변하듯이, 여행지의 명소와 맛집도 시대에 따라 변하는 걸 느낀다. 예전엔 '경포대와 오죽헌'의 고을이었는데 어느새 '안목해변 커피 거리'가 강릉의 핫플로 떠올랐다. 변함없이 사랑받는 것들도 있다. 젊은 시절에 강릉의 필수코스였던 초당두부는 지금도 여전히 스테디셀러가 아닌가 싶다.

강릉의 명물 두부가 '순두부 젤라토'로 새로 태어난 게 반갑다. 요즘 '인기 폭발'이라고 해서 혹시 줄이라도 길게 서야 하나 걱정했다. 다행히 오전 시간이어서인지 한산하다. 담백하고 고소한 초당 두부가 시원하고 부드러운 아이스크림에 담겼다. 입안에 들어가자 쫀득쫀득한 감칠맛으로 천천히 녹아든다. 오랜만의 여행 기분에 빠져 달콤한 게으름을 즐기는 시간이다. 강릉은 이제 고속열차로 2시간 만에 올 수 있어 미련 없이 다음을 기약하며 진도를 뺀다. 커피와 아이스크림의 도시여, 씨유 어게인.

동해가 바라보이는 해안 길을 따라 남쪽으로 간다. 언제 봐도 눈이 시원하다. 시선이 가는 끝까지 자연 그대로의 풍경이다. 바다의 맑고 깨끗한 기운이 온몸으로 퍼져간다. 동해안에 가면 동해시(東海市)가 있다. 직장 초년 시절 신년 해맞이를 한다고 버스를 타고 먼 길을 달려왔던 그곳이다. 이름도 정겨운 묵호(墨湖)와 삼척(三陟)을 찾았던 그 시절이 아련하다. 동해안의 해맞이 명소도 세월 따라 몇 년 뒤 정동진으로 천하 통일(?)되다 시피 했다.

무릉계곡(武陵溪谷)이 보인다. 백두대간의 준령인 두타산과 청 옥산을 배경으로 형성된 약 4㎞에 달하는 계곡이다. 신선이 살 았다는 이상향인 무릉도원이 떠오르는 지명이다. 언제고 꼭 가보 고 싶었는데, 코로나라는 대재난에 뜻하지 않게 숨어든 피난처 같은 느낌이었다. 하늘은 한없이 청명하고 햇살이 따사로운 계절 이다. 나는 계곡을 따라 걸었고 산속으로 조금씩 들어갔다. 마음 은 말랑말랑해져 점차 풍경 속에 녹아드는 기분이었다. '동해안 제일의 산수'로 꼽힌다는 절경과 기암괴석이 펼쳐진다. 계곡 초 입에 있는 너른 무릉반석은 자연의 경이로움으로 보는 이의 감 탄을 자아낸다. 맑고 시원한 물이 평상처럼 넓고 평평한 바위를 타고 흘러내리고 있다. 풍류가객들이 놀고 즐기기에 기가 막힌 장소가 아닐 수 없다. 아나나 다를까 조선의 4대 명필가인 봉래 양사언, 생육신인 매월당 김시습을 비롯한 수많은 시인 묵객들 의 시와 명문이 바위에 새겨져 있다고 한다.

우거진 나무와 숲이 만들어내는 그늘진 길을 따라 걷다 보면 삼 화사(三和寺)가 보인다. 신라 선덕여왕 때 자장율사가 창건한 고 찰인데, 후삼국 통일 후 삼국이 화합의 역사를 만들어나가자는

취지에서 현재의 이름으로 바꿔 불렀다고 한다. 템플스테이 프로그램도 유명하다. 코로나로 연기된 부처님 오신 날 행사 준비가 한창이다. 고즈넉한 절집 마당에 서니 청정한 기운이 느껴진다. 하산길에는 산채 비빔밥집을 찾았다. 깊은 산골의 인심과 넉넉한 자연의 선물이 담긴 밥상이다.

동해안을 따라 이어지는 7번 국도는 최고의 드라이브 코스로 꼽힌다. 시원한 바다 풍경을 끝없이 볼 수 있다. 어딘가 다른 세상에 왔다는 설렘으로 온몸의 세포들은 아연 기운 생동한다. 도로변에는 노란 꽃들이 줄지어 서서 손을 흔드는 듯 팔랑거린다. 국화꽃 같기도 하고 코스모스 종류 같기도 한데, 북아메리카가 원산지인 금계국이나 큰 금계국이라고 한다. 볕이 좋고 건조한 곳에서도 잘 자라고 5월부터 여름에 걸쳐 밝은 노란색의 꽃을 피운다. 바람 불고 먼지 나는 도로변에 조성한 이유일 것이다. 도로 분리대나 철망 사이를 뚫고 꽃대를 키우는 생명력이 언뜻 보기에도 놀랍다. 바람이 불거나 차들이 질주할 때마다 이리저리 흔들리는 모습이 마치 사람들을 환영하는 것 같다.

울진 망양정에 올랐다. 차창을 통해 보던 동해의 푸른 바다가 눈앞의 세상을 '풀스크린'으로 가득 채운다. 자연 그대로, 더할 것 없이 그대로다. 일순 모든 것이 정지한 곳에 오로지 자신만이

머물러 있는 것 같다. 거침없이 낙 트인 바다가 너무 아득하고 망연했을까. 산과 바다, 마을 쪽으로 놓인 벤치가 외려 여행자의 눈길을 머물게 한다. 멍때리기 딱 좋은 곳이다.

남쪽으로 달려 후포항에서 홍게를 골랐다. 계절이 여름을 향해 가고 있어 먹을 만한 것이 마땅치 않다. 저물녘 항구의 가게들은 파장 분위기. 손님이 아무도 없는 허름한 식당에 앉아 바다의 성찬을 즐긴다. 어느새 어둠이 내리고 있다. 숙소로 잡은 펜션은 푸른 송림으로 둘러싸인 곳, 역시 동해가 지척이다. 와인을 한잔 기울이며 풍경 속에 잠긴다. 밤공기는 제법 서늘하다. 검푸른 바다에서는 살갗을 간지럽히듯 잔잔한 해풍이 불어오고 있었다.

바다를 뒤로 하고 내륙으로 들어갔다. 이름만 들어도 초록 분위기의 청송이다. 그간 소문으로만 들었던 '송소고택'에 들렀다. 경주의 최부잣집과 더불어 이른바 '노블레스 오블리주'를 실천한 영남 부호 심씨 가문의 저택이다. 단아하게 정비된 전통의 가옥들은 세월이 지나도 기품을 잃지 않은 채 외지인을 맞이한다. 따가운 태양이 내리쬐는 초여름 하늘 아래 인적도 차적(車迹)도 드물다. 고요하고 적막한 분위기마저 감돈다. 조금 여유가 있었다면 고택 체험을 했을 텐데 아쉬운 생각이 들었다. 편안한 느낌의

한옥이 보인다. 서울 익선동에 있을 법한 뉴트로 풍의 카페 '백
일홍'이다.

코로나 시대에 우리에게 꼭 필요한 건 휴식과 자기 위로가 아닌
가 싶다. 일단 서바이벌이 중요하니까. 동해안을 따라 우리의 산
하 몇 곳을 찾아본 이번 여행은 특별하지는 않아도, 은은한 여
운으로 오래 남을 것이다. 무엇보다 가까이 있는 방방곡곡의 매
력과 아름다움을 다시 발견한 소중한 시간이었다.

제주에서 뚜벅이 여행으로
행복해지는 법

봄볕이 따스한 2022년 3월 초 제주에서 4일을 보냈다. 2박은 바다가 눈앞에 보이는 애월의 보헤미안풍 3층 숙소에서, 1박은 서귀포 동쪽 남원읍의 정원이 예쁜 아담한 단층집에서 머물렀다. 에어비앤비를 통해 예약한 숙소는 우리 부부에게 최상의 만족도를 선사했다. 우리는 나흘간 부지런히 걸었다. 평소에 자주 걷는 편이어서 어려울 건 없었다. 보통 하루 목표가 8,000보인데 이번에 두 배 가까운 1만 5,000보 정도를 걸었다.

제주에 머무는 동안 스마트폰을 차단 상태로 하고 최소한의 필요한 곳은 내가 먼저 연락해 두었다. 여행이 주는 매력 중 하나는

홀가분한 일상 탈출 모드의 자유인이 되는 것 아닐까. 이제 일상의 나, 여러 가지 얼굴의 김 OO을 잊어버리고 잠시 노바디로 움직이는 것이다. 눈에 쉽게 띄는 '여행자'가 아니라 최대한 제주의 일상 풍경 속으로 숨어드는 게 목표다. 숨어드는 건 바로 스며드는 것이라는 생각으로.

1. 카페의 오션뷰 명소에 앉으려면 1시간 먼저 움직인다

뚜벅이 여행은 느리고 여유 있게 시간을 즐기는 게 가장 큰 매력이다. 여행은 한마디로 의외성과 돌발상황의 연속이다. 세상만사 생각대로, 계획대로 이뤄지는 게 아니라는 걸 받아들이고, 예측 불가능한 변수에 대비할 필요가 있다. 늘 즐기는 마음으로 차선, 삼선을 염두에 두면서 움직이는 게 중요하다. 몸은 조금 고달프더라도 그래야 마음이 편하다.

뚜벅이 여행의 첫 번째 팁이라면 1시간 정도 여유를 두고 이동하는 것이다. 먼저 움직인다는 건 예상보다 그만큼 더 걸릴 수 있다는 걸 의미한다. 그러면 마음이 쫓기지 않는다. 사회 생활하면서 '10분 먼저 약속 장소에 도착하기'도 같은 이치일 것이다. 제주에서 우리 부부는 매일 아침을 간단히 하고 보통 10시쯤에 숙소를 나섰다. 제주의 맛집과 카페는 항상 붐빈다. 조금만 일찍 시작하면 좋은 자리, 여유 있는 시간을 즐길 수 있다. 약간 이른 점심을 먹고 남들이 식사할 무렵 카페를 찾는 것이다. 전망 좋은 자리를 차지할 가능성이 크다.

유명한 관광지가 아니라면 제주의 대중교통은 아직 불편하다. 저녁은 일찍 먹는 게 좋다. 식당이 숙소 근처에서 멀어지면 해안가는 적당한 차편 구하는 데 애를 먹기 쉽다. 버스가 자주 없거나 일찍 끊기기 때문이다. 첫날에 저녁을 먹으러 가기 위해 애월의 숙소를 나섰는데 기다리던 버스 795번을 눈앞에서 놓쳤다. 실시간 교통정보 서비스가 아직은 지선버스까지 원활하게 제공되지 않았기 때문이다. 마침 지나가는 택시가 있어 운 좋게 잡아 탔다. 콜택시도 해안가는 비선호 지역이라 콜에 잘 응하지 않는다고 택시 기사가 말한다. 어두워지면 금방 캄캄해지고 심리적으로 쫓기게 되니 미리 대비할 필요가 있다.

2. 검색을 활용하되 너무 믿지 마라 - 불안하면 확인이 최고

맛집이나 카페를 찾는 데 포털 검색이나 SNS는 유용하다. 하지만 과신은 금물, 미심쩍을 때는 직접 전화해서 확인하는 게 최선이다. 이번 제주 여행에선 몇 번이나 시행착오를 겪었다. 우선 식당이나 가게의 쉬는 날은 종잡을 수 없다. 관광지라 그렇겠지만 수요일이나 목요일 쉬는 경우가 많았다.

문이 닫혀 있거나 수리 중인 집도 있었다. 둘째 날 오후에는 올레길 산책 후 숙소에 돌아와 쉬면서 저녁 먹을 집을 물색했다. 이미 제주 명물인 갈치조림, 고등어 김치찜, 전복 돌솥밥 등을 먹어선지 담백한 해물이 당겼다. 마침 숙소에서 가까운 고내 포구에 괜찮은 횟집이 하나 안테나에 들어왔다. 날이 조금씩 어두워지자, 슬슬 길을 나서서 가게 앞에 도착했다. 그런데 으악, '오늘 휴업'이라는 종이쪽지가 붙어 있었다. 갑자기 멘붕 모드에 빠졌다. 근처엔 기름진 고깃집들만 있고 다른 식당이 마땅치 않아 한참을 헤맸다. 이동성에 취약한 뚜벅이에겐 비상이었다.

3. 맘에 안 드는 곳에서도 행복하기 – 워스트 탈출법

여행하다 보면 맘에 안 드는 집을 만나기 마련이다. 금방 다른
데로 옮길 수도 없고, 어쩔 수 없는 상황에서 불쾌함이 남는 경우
도 많다. 하지만 최악의 장소에서도 반전의 지혜를 얻는 법이 있
다. 우리네 인생은 지금, 이 순간에도 흘러가고 있는데, 마냥 실망
하고 불평만 할 수는 없지 않은가. 아무리 맘에 안 드는 곳이어도
괜찮은 점은 있기 마련이다. 눈에 불을 켠 채 '의도적으로' 그걸
찾고, 가능한 한 긍정적인 마음으로 칭찬하라. 인생은 사실 단순
해서, 단 한 가지 이유에도 맘먹기에 따라 행복해질 수 있다.

숙소 부근에 '여긴 맛집 평점은 괜찮은데 영, 아닌 것 같다'라고 결론 내린 집이 있었다. 상추 쌈밥이 간판 메뉴였는데 평가가 좀 엇갈렸다. 혹평이 군데군데 보였다. 가성비가 좋지 않다, 카드 리더기 고장이라며 현금을 요구한다 등등. 그런데 어쩔 수 없는 순간에 그 집에 가게 됐다. 날은 어두워지는데 돌연 '예고 없는 휴업'에 맞닥뜨린 순간이었다. 아니나 다를까 쥔장이 오더니, 카드 결제가 안 되니 현금으로 부탁한다고 먼저 말한다. 헉, 그거였군. 말투가 약간 어눌한 듯, 사무적인 느낌의 불친절 모드였다.

둘러보니 아담한 식당 내부의 벽에는 손님들 방문 낙서가 가득했다. 여길 지나간 사람들이었다. 낯선 여행지에서 아주 잠깐 스쳐 간 그들과의 인연이 느껴지자, 문득 정겨운 느낌이 들었다. 제주 막걸리를 한 병 시켰다. 주문한 상추 쌈밥과 함께 나온 제육 볶음은 조금 질기고 딱딱한 감이 있었다. 가성비도 딱히 좋다고 할 순 없었다. 하지만 술의 힘도 작용했을까, 편안한 민속촌 분위기 속에서 저녁을 먹었다. '오늘 휴업' 앞에 잠시 멘붕에 빠졌던 순간의 당황스러운 기억이 조금씩 가라앉으며, 점차 '행복 모드'로 전환되었다.

4. 핫플에 점찍는 여행이 아니라 '면의 여행'을 권하는 이유

점, 선, 면의 세 가지 여행 방식 중에 일반적으로 사람들은 특정 관광지에 '점을 찍듯이' 빠르게 둘러보고 이동하는 걸 선호한다. '로드무비' 찍듯이 선을 따라 이동하는 여행도 새로운 구경거리를 계속 볼 수 있어 좋아한다. 근데 진정한 여행이라면 바로 '면의 여행'이 아닐까 싶다. 한 곳에 최소 2박 이상 머물면서 그 지역을 좀 더 가까이서 보고 느끼고 접할 수 있기 때문이다. 면의 여행을 잘하면 스쳐 가는 여행자가 아니라 지역의 일상을 공유하는 생활인에 다가갈 수 있다. 머무는 시간이 길어질수록 여행지가 한층 친숙해지고 그곳에서 맺은 인연이 더욱 소중하게 느껴진다.

제주는 생각보다 크고 넓다. 자연이 주는 풍요로움과 함께 인구 68만여 명이 사는 곳에 새로운 볼거리, 가봐야 할 맛집과 멋진 카페가 곳곳에 널려 있다. 한번 오고 말 곳이 아니라면 한 지역을 정해서 집중적으로 탐색하는 것이 좋다. 여기저기 이동하는 데만 상당한 시간을 소비할 수 있기 때문이다. 급하다고 속도를 올리다간 과속 카메라에 찍히기 쉽다. 제주를 아는 사람들은 4개 지역으로 나눈 후 차근차근 돌아가면서 즐기는 방법을 추천

하기도 한다. 제주시를 중심으로 시계방향으로 보면 북동, 남동, 남서, 북서로 크게 권역을 정하는 것이다. 방문할 때마다 도착지에서 조금씩 시계(또는 반대)방향으로 한두 클릭씩 이동하며 숙소를 정하는 것도 방법이다.

뚜벅이 여행은 때로 힘들기도 하고 불편한 점이 많다. 위험한 장소도 있어 안전에도 유의해야 한다. 길을 걸을 때 내 옆으로 자동차가 과속 질주할 때면 아주 위협적이고 폭력적인 느낌을 받는다. 올레길이 차도와 맞물려 있는 구간도 많으므로 조심해야 한다.

하지만 느긋하게 세상을 즐기면서 자신을 돌아보는 건 뚜벅이 여행의 최고 매력이다. 빠르게 차를 타고 가면서 보는 세상과는 다르게 모든 걸 더 가까이서 피부로 느낄 수 있다. 가끔 버스 타고 이동할 때는 직접 운전하는 것과는 또 다른 낭만과 휴식이 있다. 쉬면서 졸면서, 차창 밖으로 지나는 풍경을 여유 있게 만날 수 있기 때문이다. 퍼뜩 스쳐 가는 생각을 바로 메모하기도 좋다.

김영하는 <여행의 이유>에서 "현명한 여행자는 자신을 낮추고 노바디로 움직인다"라고 말한다. 대접받기를 원하거나 고향에서와 같은 지위를 누리고자 하는 것이 아니라 타자에 대한 존중의 마음을 갖는 것이 중요하다는 의미다. 이번 뚜벅이 여행은 아주 조금, 제주 속으로 스며들기 시작했다는 느낌이 들었다. 잠깐 점 찍고 사라지는 뜨내기 여행자에서 벗어난 것만 해도 성과라 할 수 있지 않을까. 지나간 여행이 순간순간 떠오르면서 다음 제주 여행이 벌써 기다려진다. 이제 어느 쪽으로 떠나 볼까.

나의 침실을 여행하다

2020년 1월에 해외로 가족여행을 다녀왔다. '경기도 다낭시'라고 할 정도로 한국인에게 인기 높은 여행지인 베트남 다낭이었다. 3박 4일의 짧은 여행이었지만 거기서 문득 여행이 무엇인지를 생각하는 기회가 있었다. 현지 음식을 만들어서 식사한 후(쿠킹 클래스) 코코넛 배를 타기 위해 걷는 길이었다. 한 가게 밖에서 본 소박하고 단정한 문구가 눈길을 끌었다. 'To Travel is To Live.' 잠시 일상을 떠나 낯선 곳에서 여행하는 자신이 실감 났다. 처음 방문한 곳이 불현듯 친근하게 느껴지는 순간이었다. 가끔 여행하면서 느끼는 어떤 뭉클함이라고 할까.

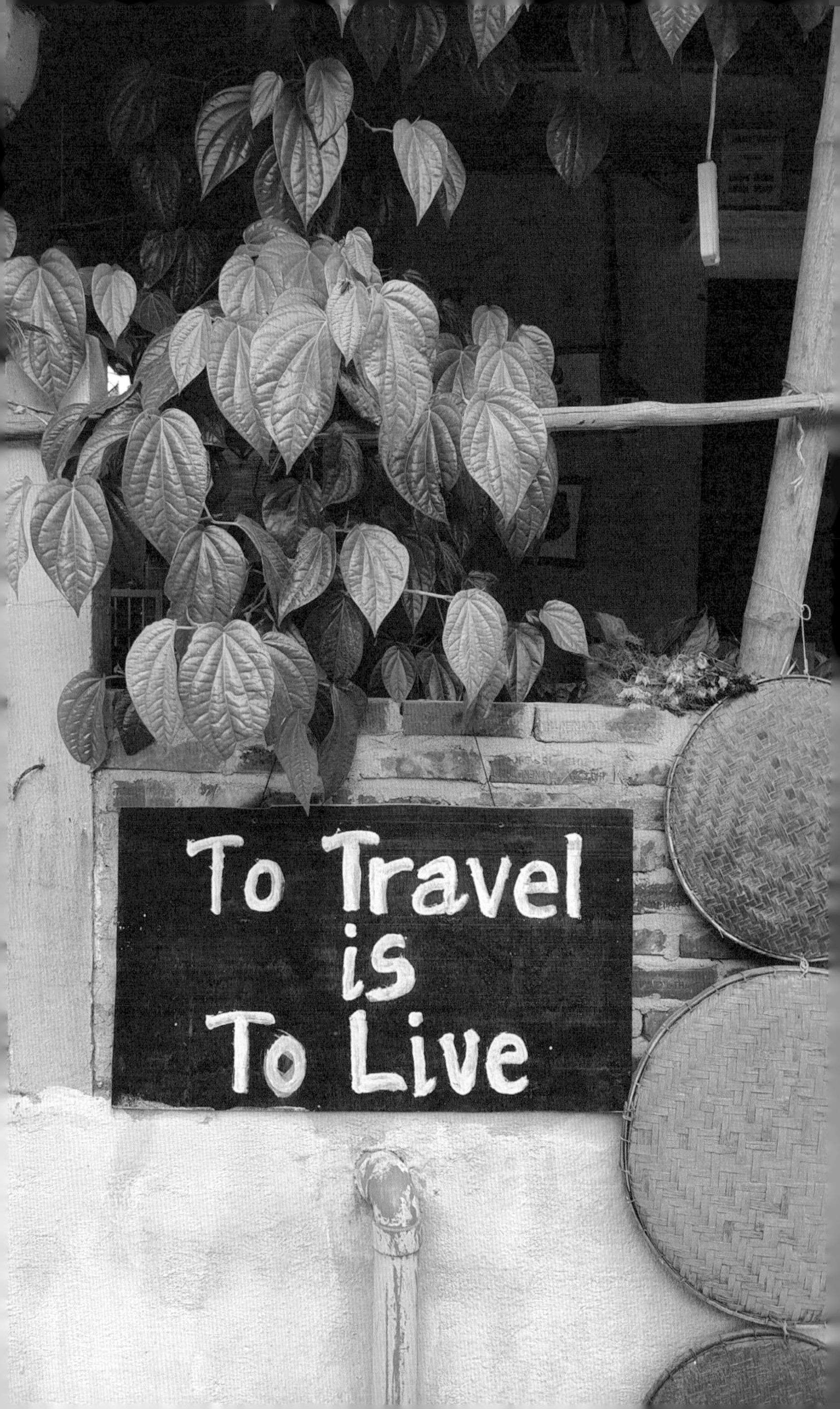
To Travel
is
To Live

코로나의 세계적 대유행(팬데믹)은 여행에 대한 개념을 근본적으로 바꾸고 있다. 여행만이 아니라 우리들의 일상과 사회적 관계, 비즈니스와 경제를 뿌리부터 흔들고 있다. 지구촌이나 글로벌이란 말을 입버릇처럼 쉽게 쓰지만, 세계가 하나의 울타리, 하나의 운명체라는 것을 이처럼 실감하는 때도 많지 않을 것이다. 특히 우리의 일상이 얼마나 고맙고 소중한지를 새삼 절감하게 된다. 마음껏 여행했던 날들이 갈수록 그리워진다.

알랭 드 보통은 <여행의 기술>(2004)에서 여행에 접근하는 두 가지 방법이 있다고 말한다. 첫 번째는 가보지 않은 먼 곳으로 짐을 꾸려 떠나는 일반적인 여행이다. 두 번째는 가깝고 익숙한 곳으로 가볍게 하는 여행으로, 우리가 사는 일상의 공간을 지금까지와는 다른 새로운 눈으로 여행하는 것이다. 코로나 시국 같은 여행 없는 시대에 딱 맞는 여행법이 아닐까.

두 번째 방법은 프랑스의 작가인 그자비에 드 메스트르가 선구적으로 개척한 여행 방식이다. 드 메스트르는 자신의 방을 여행하고 1796년 <내 방 여행하는 법>을 출간했다. 두 번째에는 밤에 여행을 떠나 멀리 창문턱까지 과감하게(?) 나아간 후 자매품인 <한밤중 내 방 여행하는 법>을 펴낸다.

"야가 여행에서 드 메스트르는 침실에서 문을 잠그고 분홍색과 파란색이 섞인 파자마로 갈아입는다. 그는 짐을 챙길 필요도 없이 방에서 제일 큰 가구인 소파를 여행한다. 그는 이 여행을 통해 평소의 무기력을 털어버리고, 새로운 눈으로 소파를 바라보며 그 특질 몇 가지를 재발견한다. 그는 소파 다리의 우아함에 감탄하여, 푹신푹신한 곳에 웅크리고 사랑과 출세를 꿈꾸며 보냈던 시간을 기억해낸다."

드 메스트르의 책은 여행에 대한 개념을 다시 정의한 고전이다. 그가 느긋하고 천연덕스럽게 보여주는 방 안 여행은 우리의 고정관념을 깨며 여행의 의미를 묻는다. 진정한 여행이란 낯선 곳을 '구경'하는 일이 아니라 새로운 뭔가를 '발견'함으로써 익숙하고 편안한 것을 오히려 낯설게 보는 일임을 깨닫게 하는 것이다.

드 메스트르는 군인 출신으로 작가와 화가를 겸한 재능이 많은 인물이었다. <내 방 여행하는 법>은 불법적인 결투로 42일간 가택연금을 받은 김에 무료함을 달래기 위해 쓴 것이다. 이 책은 18세기 문학사에서 여러모로 선구적인 작품의 하나로 꼽힌다. 부피는 작지만, 형식과 주제가 경쾌하면서도 깊은 여운을 남기는 문체에 녹아들었다. 훗날 도스토옙스키, 니체, 프루스트, 카뮈, 보르헤스 등 많은 작가에게 영향을 미쳤다.

"의자란 얼마나 훌륭한 가구인가.

사유하는 인류에게 이보다 유용한 물건이란 없으리라."(22쪽)

"침대는 우리의 탄생과 죽음을 지켜본다.

침대는 우리 인간이 때로는 흥미진진한 드라마를,

때로는 우스꽝스러운 희극이나 가혹한 비극을 연기하는 파란만

장한 무대가 아니던가.

꽃으로 장식된 요람에서 사랑의 옥좌가 되고 끝내 우리의 무덤

자리가 되는 것이다."(26쪽)

여기서 한발 더 나아가 빌 브라이슨은 현미경을 가지고 집 안 구석구석을 여행한다. 영국의 더 타임스 기자 출신으로 예리한 관찰력과 발랄한 문체로 많은 독자를 가진 작가다. 2010년 작 <거의 모든 사생활의 역사>는 거실과 침실, 식당, 화장실뿐만 아니라 계단, 복도, 다락방, 지하실, 두꺼비집까지 눈에 띄는 모든 것들의 유래와 역사, 이면의 사건과 인물을 샅샅이 해부한 후 세밀화처럼 묘사한다. 빌 브라이슨은 다음과 같은 결론을 내린다. 얼핏 보기에는 한없이 하찮아 보이는 집 안 구석에 어마어마한 역사와 재미와 흥분, 심지어는 약간의 위험을 감추고 있다고 말이다. 이처럼 약간의 호기심 어린 눈으로 주변을 돌아보면 우리가 여행할 만한 곳은 얼마든지 발견할 수 있다.

여행의 대상과 목적지는 우리의 수변에서 얼마든지 찾아볼 수 있다. 극단적으로는 우리의 집, 우리의 침실에서도 가능하다는 것이 드 메스트르와 빌 브라이슨의 주장이다. 드 메스트르는 눈길과 생각이 이끄는 대로 방안의 침대와 가구, 그림과 음악, 애견과 하인 등을 소재로 현실과 상념을 오가며 여행했다. 100여 쪽의 가벼운 분량에 발견의 깊이와 의미가 담겼다. 반면 브라이슨은 집 안에서 만나는 온갖 사물과 관련 인물들의 역사와 인문학적 배경까지 500여 쪽이 꽉 찰 정도로 집요하고 밀도 있는 탐사를 했다.

집 안과 주변 여행도 여러 방식이 있다. 슬리퍼를 끌며 발길 닿는 대로 어슬렁거리거나, 운동화의 끈을 약간 조이고 안테나를 세운 채 산책을 하거나 각자 선택하기 나름이다. 일상적인 공간을 여행하는 일은 가까운 데서 새로움을 발견하는 일이다. 특히 사회적 거리두기가 생활화되는 시기에 걸맞은 여행 방식이 아닐 수 없다. 방 안이나 침실을 둘러보면 뜻밖의 발견을 할 수도 있다. 책상 구석의 작고 어렴풋한 낙서, 낡은 상자에 담긴 오래된 편지들, 그중에는 부치지 못한 편지도 보인다. 빛바랜 추억 속에서 아련히 지나간 청춘의 한 장을 만날 수도 있다. 가끔은 '희미한 옛사랑의 그림자'까지.

우리들의 삶이 오늘도 계속되고 내일로 이어지는 것처럼 비대면 시대에도 여전히 여행은 계속된다. 먼 곳이 아니라 가까운 곳부터 눈길을 돌려보자. 문득 여유롭게 길을 걸어가는 당신에게 누군가 소리 없이 말을 걸지도 모른다. '여행하며 사는 당신이 행복해 보입니다.'

쿠팡, 샐러드, 여행의 맛

2021년 여름의 쿠팡 사태는 '슬기로운 소비생활'이 무엇인지 돌아보게 한다. 과대 포장과 쌓이는 쓰레기, 분리배출 문제가 갈수록 심각하다. 여기에 택배 노동자들의 열악한 근로환경이 알려지고 안타까운 희생이 따랐다. 나 하나 쿠팡을 나간다고 눈이나 깜짝하겠어? 그래도 뭔가 액션이 필요하다고 생각한 나는 회원 탈퇴를 눌렀다. 쿠팡이 없는 일상은 상상하기 어렵다는 아내는 스테이하며 관망 자세다. 우리는 주말 아침으로 샐러드를 즐긴다. 금요일 저녁에 손만 까닥하면 다음 날 새벽 현관 앞에 먹거리가 준비된다. 그 경이로움을 경험하는 순간 전설의 K-배송을 거부하기 어렵다.

쿠팡은 단순한 전자상거래 업체가 아니다. 콘텐츠 사업(OTT)에 뛰어들었고, 이미 여행 기업이다. 쿠팡 트래블은 '여행으로 만드는 행복한 일상'을 내걸고 핫한 여행 신상이나 국내외 특가상품을 본격적으로 내놓고 있다. 네이버와 같은 포털사이트, 구글에서도 우리가 가고 싶은 곳의 숙소를 바로 예약할 수 있다.

모두 여행이 일상 속으로 깊숙이 들어왔다는 신호다. 여행은 우리 생활의 많은 부분과 바로 연결된다. 이미 떼려야 뗄 수 없는 관계가 되었다. 바이러스로 여행이 사라진 그 시간에, 우리는 오히려 여행의 가치와 의미를 더 크게 느꼈다. 늘 가까이 있는 건 그 소중함을 모르거나 잊고 살기 쉽다. 질병과 재난은 인간에게 시련을 주지만 기억에 사무치는 교훈도 주지 않던가.

코로나를 계기로 달라진 여행 트렌드 중에 '여행과 일상의 경계가 사라진다'라는 점을 주목한다. 원래 여행은 '일상의 거주지를 일시적으로 떠나 정신적·육체적 즐거움을 추구하는 것'이었다. 세계관광기구(UNWTO)는 '24시간 이상 체재'를 Tourist 정의 (1984)에 포함했다. 이번 바이러스는 참 무섭고 질긴 놈이다. 그간 가장 흔하게 들은 말이 이동이나 여행 자제령이 아닐는지.

이제 일상의 공간에서 여행을 즐기면 어떨까. 책에 나오는 정의

보다 중요한 건 우리가 직접 행동하고 누리는 방식이다. 여행의 호흡은 갈수록 짧아진다. 집이나 동네 주변에서도 얼마든지 새로운 기분을 느낄 수 있다. 거창한 목적지가 아니라 소소한 과정을 즐기는 일이 행복이다. 일상의 소박한 순간순간에 우리 삶의 의미가 빛나기 때문이다. 바로 나를 위로하고 어루만지는 시간을 갖는 것, 여행하는 근본적인 이유 아닐까. 바이러스는 외려 여행의 본질과 정신을 일깨운 셈이다.

이동이 멈춘 시대에 우리는 다양한 여행을 즐기게 됐다. 몇 년 전 다녀온 여행이 불현듯 지금, 이 순간 아름답고 소중한 추억으로 되살아난다. 옛 사진을 뒤적이고 그날의 아스라한 기억과 느낌을 떠올려보기도 한다. 포털이나 SNS에는 이런 글이 많다. 이제 보니 우리는 새로운 여행을 꿈꾸면서 계속 떠나기만 했지, 잠시 멈춰 서는 걸 잊은 건 아닐까. 여행 사진은 쌓여가지만 한 번 본 후 파일로 잠재워 두기 일쑤다. 이제야 여행의 진정한 맛과 매력에 빠져들기 시작한 것 같다.

앞으로 여행은 우리 생활과 한층 가까워질 것이다. 여행의 방식이 다양해지면서 날로 진화하기 때문이다. 동네 산책에서 둘레길 걷기로, 카페 순례에서 맛집 기행으로, 자유로운 혼행에서 소그룹 투어로 무궁무진하게 변화할 것이다. 코로나 시대의 히트상품인

'랜선 투어'는 미래 여행의 한 모습이 될 것으로 보인다. 시공간을 넘어 간편하게 여행을 원하는 사람에게는 안성맞춤이니까.

이번 주말에도 우리 부부는 샐러드를 준비한다. 신선한 재료와 갖은 소스로 식탁은 다채롭고 풍성해진다. 하나씩 골라 먹는 재미가 쏠쏠하다. 샐러드를 먹으며 우리는 어디론가 잠깐 떠날 궁리를 한다. 떠난다는 말 자체도 조금 부담스럽다. 그냥 훌쩍 다녀오면 되니까. 우리 생활 속으로 여행이 아주 가까이 다가왔다. 여행은 이제 일상이고 생활이다.

방콕 여행은 ◯◯이 없다

거리두기가 일상화된 시대에 여행 수요의 상당 부분은 사실 비대면 방식을 통해 해소해왔다. 이런 '방콕 여행'을 어떻게 바라보는 것이 좋을까. 여행의 한 방식으로 괜찮은 건지, 혹시 진정한 여행 정신의 적은 아닌지, 의문이 든다.

'위대한 여행가가 방콕 여행자였다'라는 논란에 휩싸였다. 마르코 폴로다. 그의 여행기는 동양 문화를 처음 서양에 알리면서 세계사적 대변혁의 계기가 된 것으로 알려진다. 콜럼버스의 항해와 비교되기도 한다. 하지만 마르코 폴로가 중국에 실제로 갔는지에 대한 논란은 여진하다. 베네치아 출신의 상인으로 20년이

넘도록 고국을 떠나 있었고 그중 중국에 17년 동안이나 체류했는데도 말이다.

이유는 뭘까. 쿠빌라이 칸의 몽골제국에서 중용되었다고 하는데 보존이 잘 된 중국의 고문서 어디에서도 그의 행적을 찾기가 힘들다. 중국을 시시콜콜하게 묘사하면서도 만리장성이나 한자, 전족(纏足), 다례 등에 대해서는 전혀 언급이 없다. 중국 학자 프랜시스 우드 같은 몇몇 저자는 마르코 폴로가 '방콕 형' 여행 작가는 아닌지 의문을 제기한다. 가문이 운영하는 상점이 있던 콘스탄티노플이나 고향 근처 어디에서 당대의 정보를 집대성한 거 아니냐는 것이다.

어떤 장소에 갔다는 것은 정확히 무엇을 의미하는 걸까. 반드시 '신체적 이동'이 필요한 것일까. 실제 가봤더라도 여행자가 어떤 장소를 대체 몇 킬로미터나 돌아다니고, 어느 정도 체류해야 그 장소를 안다고 할 수 있는지가 모호하다.

한평생 똑같은 장소에서 살았다고 해서 그곳을 모두 안다고 할 수 있을까. 나는 30년 넘게 서울에 살고 있어도 서울에 대해 아는 게 그리 많지 않다. 서울이 대충 어떤 도시인지 외국인들에게 조금 얘기해 줄 수는 있다. 우리가 해외의 어느 도시를 여행하는

경우라면 문제가 조금 심각하다. 기껏해야 며칠간, 사진 찍기 좋은 명소 몇 군데를 후다닥 돌아보는 게 고작이다. 그러고도 우리는 거기를 잘 아는 것처럼 '가봤다'라고 한다.

그렇게 생각하면 여행과 '비(非) 여행'의 경계가 얼마나 모호한지 알 수 있다. 여행했더라도 대충 지나치거나 잊어버린 곳이 있을 수 있다. 직접 여행은 하지 않았더라도 책이나 방송, 귀동냥, 각종 정보 등을 통해 친숙한 장소도 있다. 우리는 잠깐이라도 스친 곳은 자신 있게 가봤다고 하지만, 그렇지 않은 곳은 그 지역에 대해 상당히 알고 있더라도 가봤다고 말하지 않는다. 여행에 대한 일반적인 기준은 역시 직접적인 '신체적 이동'인 것 같다.

프랑스의 작가 피에르 바야르(Pierre Bayard)는 <여행하지 않은 곳에 대해 말하는 법>(2012)이라는 책에서 근본적인 질문을 던진다. 과연 여행이 내가 모르는 어떤 도시나 나라를 발견하는 최고의 방법이냐는 것이다. 답은 그 반대라면서, '비 여행'의 일종인 '방콕 여행자'를 옹호한다. 비 여행은 여행하지 않는 것이 아니라, 여행을 하지만 거기에 직접 가지 않을 뿐이다.

바야르는 무한한 상상력을 가지고 시공간을 넘나들면서 자기만의 여행을 하라고 권한다. 설혹 마르코 폴로가 방콕 여행자였다 해도 내면의 목소리에 귀 기울이며 자기의 몽상을 마음껏 펼친 것을 적극적으로 변호하는 것이다. 바야르의 결론은 적당한 거리두기를 통한 '총체적인 시각'이다. 어떤 장소를 객관적이고 종합적으로 관찰할 필요가 있다는 것이다. 이는 굳이 신체적 이동이 아니더라도 '심리적 이동, 정신적 이동'으로 충분히 해결 가능하다는 주장이다.

코로나 시국에 불가피한 선택이든, 체질적으로 좋아하든 방콕 여행에는 좋은 점이 많다. 언제나 원할 때 가능하고 가성비가 뛰어나다. 여행에 따르는 짐 싸기나 이동의 번거로움, 집 나설 때

가끔 겪는 '개고생' 같은 걸 피할 수도 있다. 이렇게 보면 방콕이든 랜선이든, 여행의 긍정적 의미는 확실히 크다.

'어떤 곳에 여행한다'라는 의미를 다시 생각해본다. 여행이란 타자와의 만남과 교류를 통해 새로운 나를 발견하는 것이다. 따라서 특정한 한 가지 여행 방식에만 집착할 필요는 없다. 결론적으로는 여행의 목적이 중요하다고 생각한다. 조사나 연구 같은 목적이 뚜렷한 여행이라면 현미경이 필요하다. 학자나 작가의 눈을 가지고 총체적인 시각을 유지한 채 그 지역에 대한 사실관계, 정확한 지식과 심층 정보에 집중한다. 일반적인 여행자는 다르다. 나만의 개별적인 경험과 구체적인 느낌이 중요하다. 어떤 장소를 둘러보더라도 자기의 눈과 관심사에 따라 남들과는 다른 특별한 체험을 원하는 것이다. 요즘 여행이 미식 탐방, 미술관 방문, 액티비티 체험처럼 다양하지 않은가.

또한 여행은 현장성과 우연성이 강하다. 뜻밖의 만남, 예기치 못한 순간, 기억에 남을 인연이 여행을 신나고 재미있게 만든다. 이런 설렘과 기대감이 여행의 본질 아닐까. 실제 여행하면서 느끼는 '디테일'은 그 무엇과도 바꿀 수 없는 한 개인의 고유하고 소중한 자산이다. 오래된 골목길 가게의 은은한 향기와 정갈한 분위기, 소박한 음식을 내주던 주인의 정겨운 눈길, 갑자기 쏟아진비를 피해 들른 카페에서 읽은 따뜻한 시 한 줄…. 여행책에서 찾을 수 없고 방콕 여행이나 랜선 여행에서는 느낄 수 없는 것들 이다.

진정한 여행이란 미지의 세계를 모두 알려는 생각이나 욕망에서 출발하지 않는다. 작고 소박한 경험으로 자신의 세계가 풍요롭고 행복해지면 되는 것이다. 여행은 자기가 경험하는 만큼 느끼고 만족하는 것이기 때문이다. '찐 여행'이란 살아 있는 숨결이 느껴지는 거리와 현장에 있는 건 분명하다. 다만 세계적 대유행(팬데믹) 같은 '재난 상황'이라면 어떤 여행 방식도 이해할 수 있지 않을까. 지금 잠시 방콕 여행을 하고 있더라도 바이러스가 종식되어 마음껏 여행하는 그날을 그려본다.

최고의 집콕 영화로 웨일스 여행하기
- 언덕을 산으로 만든 사람들의 따뜻한 이야기
<잉글리쉬맨>

서대문구의 안산을 자주 찾는다. 독립문역에서 가깝고 여기저기서 오르기도 편하다. 사방팔방으로 전망도 시원해서 조선 시대에는 궁궐에 보고하는 마지막 봉수대가 꼭대기에 있었다고 한다. 나무 덱을 깔아 전체 7㎞를 무장애 숲길로 한 바퀴 돌 수 있게 조성하면서 가족 단위로 걷기에도 적당하다. 안산의 높이가 296m이다. 언젠가, 산은 300m를 넘어야 한다는 얘기를 들었는데 딱 4m 부족하다. 남산은 243m. 기준이 맞는다면 안산이나 남산이나 모두 산이 아니라 '언덕'이다. 조금 당황스러운 순간이다.

1917년에 산 높이로 멘붕에 빠진 사람들이 있었다. 1995년 영화 <잉글리쉬맨> 이야기다. 마을 사람들이 모두 교회에 모인 평화로운 일요일, 영국 웨일스(Wales)의 한 시골 마을에 측량 조사단 2인조가 방문한다. 지도 제작이 목적으로 마을 뒷산을 실측하려는 것이다. 이 전문가들에게 산이란 1,000피트(304.8m)를 넘어야 한다. 마을 사람들의 이목은 온통 산의 높이에 집중한다. 그런데 결과는 984피트로 16피트(약 5m)가 부족하다. 그야말로 충격, 마른하늘에다 날벼락이었다. 산은 그들에게 과학이나 측량의 영역이 아니었다. 마을의 상징이자 자부심이었고, 대대로 주민들과 희로애락을 함께한 역사나 다름없었다.

측량 조사단 이 자들은 더구나 잉글랜드인이다. 역사적으로 앙숙이자 얄밉기 짝이 없는 것들 아닌가. 1차 세계대전 중이라 남자들은 전쟁터에 끌려가거나 후방의 광산에서 전쟁 연료를 캐다 석탄가루에 쓰러지는 비극의 시대였다. 전쟁으로 모두 지쳐 있고 희망이 사라진 시대에, 그 잉글랜드인들이 우리의 산까지 빼앗아간다고 생각하니 잠을 이루지 못한다. 그들은 결국 외친다. 흙더미를 쌓아 5m를 높이자, 산을 만들자!

주민들은 조사단의 출발을 지연시키기 위하여 갖은 수단과 방법을 동원한다. 차를 고장 내어 출발을 못 하게 하는 데는 성공.

175

그런데 열심히 흙더미를 쌓아 올린 다음 날부터 장대비가 내리기 시작한다. 고장 난 차 대신 기차역을 찾은 2인조 일행을 골탕 먹이며 다시 따돌리고, 미인계를 써서 유혹한다. 가까스로 일을 다시 시작하여 산이 되려나 하는 순간, 이번에는 마을의 지도자인 82세의 존스 목사가 작업 도중 쓰러져 숨을 거두고 만다. 해가 지면서 측량은 불가능해지고 조사단은 다음 날 아침이면 떠난다. 과연 주민들의 희망대로 산이 될 수 있을까.

영화는 시종 경쾌하고 유머러스하다. 이야기가 탄탄하고 연기도 좋다. 휴 그랜트의 35살 시절이 훈훈하고 다른 배우들과의 조화도 훌륭하다. 실화에 바탕을 둔 영화라 그런지 가슴이 따뜻해지고 잔잔한 감동이 느껴진다. 흙더미를 산 정상으로 나르는 주민들의 행렬은 노동이 아니라 마치 혼연일체의 축제 같다. 사람들의 마음을 움직이는 게 과연 무엇인지를 보여주는 울림이 있다. 현실이 힘들더라도 이렇게 다 같이 축제의 정신으로 희망을 키우는 것이다.

영화의 매력 중 하나는 웨일스의 아름다운 풍광이다. 푸른 자연과 부드럽고 완만한 구릉, 넓게 펼쳐진 들판은 어머니의 품처럼 아늑하다. 그 풍경 어디서나 양들이 평화롭게 풀을 뜯는 광경이 자연스럽게 떠오른다. 우리 제주의 오름과 비슷한 분위기다.

영화를 보고 나면 웨일스의 어느 한적한 시골을 여행한 것 같다. 펍에서 맥주를 한잔하고 오래된 집들 사이로 마을 길을 느릿느릿 걸어보는 느낌이다. 왁자지껄하지만 그곳의 인간미 넘치는 사람들을 만나 즐거운 시간을 함께 보낸 것 같기도 하다. 진정한 여행은 이런 것 아닐까. 이름난 명소나 유적지, 소문난 이벤트를 보는 게 꼭 여행은 아닐 것이다. 비록 영화 속이지만 마음이 통하는 순간의 기분 좋은 느낌이 전해진다.

웨일스는 영국 본섬의 중서부에 있다. 기사도의 상징인 아서왕의 전설 시대를 구가하였지만, 인구나 영토 규모가 작고 경제력도

약한 편이다. 지금은 영국 일부로 존재가 희미하고 우리에게 친숙하지 않다. 이른 시기에(1301년) 잉글랜드에 병합되어 정치적·문화적으로 동화된 탓이 크다. 같은 켈트족의 후예인 스코틀랜드와도 비교된다. 스코틀랜드는 훨씬 이후인 1707년까지 잉글랜드에 저항했고, 산업혁명과 금융의 중심지 역할을 하면서 북해 유전, 양모와 위스키 산업 등 먹을 것도 많기 때문이다.

웨일스는 연안의 평지 외에 해발 고도 200m를 넘는 고지가 대부분을 차지한다. 스노도니아(Snowdonia) 국립공원에는 북부의 스코틀랜드를 제외하고는 영국 본섬에서 가장 높은 산인 스노든산(1,085m)을 비롯하여 높은 산맥이 형성되어 있다. 산악 열차가 유명한데 일대의 경치가 아름답고 볼 것이 많아 관광객의 발길이 이어진다. 서해안 일대는 기후가 온난해서 살기에도 좋다. 코로나 이후 여행지로 숨겨진 명소, 웨일스를 찾아보는 것도 좋겠다.

산은 우리 주변에서 쉽게 볼 수 있어 누구에게나 친근하다. 가볍게 찾는 동네 뒷산이나 산 자락길부터 어느 정도 장비를 갖춰야 오를 수 있는 높은 봉우리까지 선택지도 다양하다. 산은 평소에 우리가 지상에서 바라보는 대상이지만 언제든 찾기만 하면 우리를 품어준다. 산의 높이가 산을 평가하는 기준은 아니다.

내 어릴 적 놀던 성산은 146m, 내게는 단 하나의 산이었다. 유년의 놀이터였고 언제나 따뜻한 고향의 품이었다. 이번 주말에는 어느 산으로 가볼까. 높이와 상관없이 산은 우리에게 늘 친구 같다. 그 산의 매력과 아름다움은 계속될 것이다.

* 산을 정하는 명확하고 통일된 기준은 여전히 없다고 한다. 나라마다 기준이 있고, 국내에도 기관에 따라 조금씩 다르다. 높이와 경사도 등을 종합적으로 고려한 전문적인 산의 개념과 관습적·역사적으로 산으로 불리는 것에는 차이가 있다.

4부

여행은 관광이다

여행과 관광의 차이는 무엇일까
- 자유롭고 홀가분한 여행과
대중화 산업화의 산물 관광

세계 최초의 여행사인 '토마스쿡'이 2019년 파산했다. 1841년 설립된 대중관광 역사의 선구자로 호텔, 항공, 금융까지 진출하며 승승장구하던 회사다. 오프라인 매장에 길든 영업으로 온라인 시장이 급성장하는 여행 환경변화에 대응하지 못한 탓이 크다. 세계적인 기업들이 부침하는 시대, 관광의 한 모습이다.

영국의 전도사이자 금주 운동가였던 토마스 쿡(Thomas Cook, 1808~1892)은 관광의 아버지라고 불린다. 최초의 단체 여행(패키지 투어)을 만들며 여행을 관광으로 바꾼 사람이다. 정확히 말하면 '대중관광'의 아버지다.

여행과 관광의 차이는 무엇일까? 여행(旅行)은 '가는 일'이라는 뜻으로 인간의 본능적 행위인 이동에 가깝다. 프랑스의 석학 자크 아탈리(Jacques Attali)는 '호모 노마드(Homo Nomad, 유목하는 인간)'라고 하고, 철학자 가브리엘 마르셀은 '호모 비아토르(Homo Viator, 여행하는 인간)'라고 표현했다. 관광(觀光)은 특정한 목적을 가지고 떠나는 행위로 '구경한다'라는 보다 구체적인 여행 활동에 초점을 둔다.

여행이 홀가분하게 떠나는 개인의 자유로운 이동행위라면, 관광은 상대적으로 목적성이 강하고 집단적이며 경제적이다. 여행이 흔히 일상이고 취미이자 여가의 영역이라면, 관광은 주로 산업이고 정책이자 학문으로 다루어지는 이유다. 여행의 산업적 형태를 관광으로 표현하는 경우가 많다. 학문적인 측면에서 보면, 인문학적 용어에 가까운 여행에 비해 관광은 사회학이나 경제학적 용어의 색깔을 띤다. 관광학에서 보면 관광은 '주체인 인간, 사회조직, 환경'이라는 3대 구성요소 속에서 이루어지는 행위다. 여행이 주체인 인간의 행위인 여행 활동에 초점이 있다면, 관광은 여기에 조직, 환경과의 상호작용을 통해 형성되는 모든 사회적 관계를 말한다. 따라서 관광에서는 여행 활동과 관련된 경제 행위와 사회적 관계가 중요하다(이연택, <관광학>(2020) 참고).

여행과 관광은 일상생활에서는 혼용되는 경우가 많아 명확한 구별이 쉽지 않다. 어느 정도 유사성도 다분하다. 다만 개념적인 의미와 속성이 어떻게 다른지는 한 번 생각해 볼 필요가 있다. 토마스 쿡은 새로 등장한 철도의 잠재력을 안 최초의 인물이다. 1841년 영국의 레스터에서 러프버러까지 12마일(약 19km)을 달리는 특별 전세 열차를 운영하는 단체여행을 기획한 것이다. 식사가 포함된 여행으로 570명의 승객이 기차에 올랐다. 현대적인 관광과 상업적인 여행사의 역사가 시작되었다는 의미가 크다.

쿡은 패키지여행에 이어 여행자 수표, 외화 환전 서비스, 여행 책자 발간 등을 모두 처음으로 선보였다. 또한 끊임없이 새로운 특별 여행을 개발했다. 1851년 런던 수정궁에서 열린 만국 박람회를 계기로 만든 특별 여행은 16만 5,000명이 참여하여 기록적인 성공을 거두었다. 이를 계기로 외국 여행에 착수하여 1856년에 유럽 대륙 여행, 1865년 미국 여행에 이어 1872년에는 세계 일주 패키지 상품을 최초로 선보였다. 그는 "교육받지 않은 사람과 타국의 사람들에게 여행의 길을 열어준 것"을 매우 만족스러워했다.

이처럼 관광은 근대사회의 개념이다. 여행에서 관광으로 개념이 바뀌게 된 것은 기술 발달의 영향이 크다. 산업혁명 이후 기차, 증기선 등 교통 기술의 혁신으로 대중관광의 개념이 열렸다. 1825년 영국에 최초로 개설된 철도는 한꺼번에 많은 사람을 왕복해서 운송할 수 있는 최초의 교통수단이었다. 독일의 시인 하인리히 하이네는 1843년 파리에서 "새로운 철도가 시간과 공간의 기본개념을 흔들어 놓았다"라고 썼다(볼프강 쉬벨부시. <철도여행의 역사>(1978) 참고).

기차는 속도와 정확성, 규모와 성능으로 조직적인 관광 발전의 초석이었고, 폭넓은 계층이 참여하는 '여행의 민주화'를 가능하게 했다. 20세기 들어 자동차, 항공기 등이 출현하면서 관광은 본격적인 대중화, 산업화, 생활화의 시대를 맞게 된다. '토마스 쿡'이 파산한 지 1년 만에 중국 자본을 등에 업고 돌아왔다. 온라인 웹사이트로만 여행사를 운영한다. '만인을 위한 여행'의 깃발을 들었던 토마스 쿡의 꿈이 계속될지 지켜볼 일이다.

여행은 어떻게 관광이 되었을까

역사상 가장 위대한 여행가는 누구일까. 1997년 미국의 <라이프>지는 지난 1000년을 빛낸 위인 100인을 선정했는데, 두 명의 여행가가 포함되었다. 47위에 이름을 올린 마르코 폴로는 <동방견문록>을 남겨 동양의 문화를 처음 유럽에 소개한 사람으로 유명하다. 13세기 후반 베네치아 출신 상인이다.

모로코에서 48년 뒤 태어난 이븐 바투타는 44위를 기록했는데 진정한 여행가라고 불렸다. 네루도 <세계사 편력>에서 이븐 바투타를 가장 위대한 여행가로 꼽았다. 마르코 폴로가 17년간 20개국(오늘날 국경 기준)을 여행한 데 비해 이븐 바투타는 27년

가 44개국을 주유했다. 여행 거리가 마르코 폴로의 3배에 이르는 12만km로 베이징~파리 구간을 여섯 번 오갈 수 있는 거리다. 마르코 폴로는 '진짜로 여행했는지'에 대해 진위를 의심받지만 이븐 바투타는 세 대륙의 방문지에 대한 정치, 경제, 문화 측면의 풍부한 기록을 남겨 신뢰도에서 앞선다.

최초의 여행자는 누구일까. 서양 역사에서는 그리스의 역사가 헤로도토스로 알려져 있다. 뚜렷한 목적이나 필요에 의해서가 아니라 '여행 자체가 즐거움'인 여행을 한 사람이라고 한다. 페르시아, 이집트 등지로 10년에 걸친 여행을 했고, 생생한 지식과 흥미로운 이야기를 바탕으로 기원전 440년경에 아홉 권에 달하는 <역사>를 남겼다. 나일강의 범람을 보고는 "이집트는 나일강의 선물이다"라고 썼다.

여행의 출발은 이동이다. 이동은 태초 인류부터 생존을 위한 본능적 행위였다. 일상적인 사냥과 채집, 유랑과 목축 활동은 나의 주변 너머, 먼 곳에 대한 탐사로 이어졌다. 여행의 동기와 목표는 바로 호기심이다. 미지의 장소에 대한 '동경'과 모르는 것에 대한 인식의 '욕구'는 모험의 원동력이다.

여행의 역사는 인간의 역사이고 세계사의 중요한 한 부분이다.

(빈프리트 뢰쉬부르크. <여행의 역사>(1997) 참고) 역사적으로 고대(~5세기)에는 주로 전쟁이나 교역 등 생업과 관련된 이동행위가 주를 이루었고, 여가 목적의 이동은 제한적이었다. 흔히 '팍스 로마나(Pax Romana, 로마의 평화)'라고 불리던 1~2세기에는 축제와 유적지, 온천으로의 여행이 인기를 끌었다. 여행은 후기 로마 시대에 일정한 형식을 갖추었다. 여행의 필요조건인 목적지와 여행안내서, 시간표를 가지고 여행경로를 짤 수 있었다는 것이다. 여기에는 모세혈관 같은 교통 인프라가 중요한 역할을 한다. 대서양 연안에서 중동, 아프리카 사하라 지역까지 당시 로마 제국이 건설한 도로망은 2급 도로까지 합치면 20만km에 달했다. 이 도로망은 행정, 기술, 군사 목적이 주였지만 점차 무역과 통신, 여행과 모험을 자극하는 촉매제로 작용한다.

중세(~15세기 중반)에 들면서 여행은 개념적으로 자리 잡는다. 문명의 침체기이고 종교 억압의 시기라, 여행은 종교적인 순례의 형태로 표출되었다. 순례는 본래 경건한 종교 행위였지만, 여행과 모험의 욕망을 해소하기 위한 구실과 일탈이기도 했다. 또한 실크로드를 통한 교역 활동이 왕성하게 이루어지고 순수한 여가와 유랑 목적의 여행도 점차 활발해진다. 이처럼 교류가 확대되면서 세계는 가까워지고 지식은 확장된다.

14세기경에 영이의 'travel(여행)'이 공식으로 사용되었다. 고행을 의미하는 프랑스어의 고어인 'travail'이 어원이다. 당시 여행이란 길고 힘든 행군이었다. 여행의 주요 수단이었던 마차는 18세기까지도 하루에 평균 25~60km까지 속도를 낼 수 있었다. 길은 험해서 마차가 진창에 처박히는 일은 다반사였고, 숲에는 강도와 산적이 숨어 있었다. 사람들이 강이나 바다를 통한 왕래를 좋아했던 이유다. 짐, 여성, 아이들이 아니라면 건장한 남자들은 말을 이용한 이동을 선호했다.

근세(~18세기 후반)는 '투어(tour)'의 시대다. 화약, 나침반, 인쇄술 등 과학기술이 크게 발전함에 따라 상업과 무역이 번성했다. 대표적인 여행은 바로 '그랜드 투어(Grand Tour)'다. 영국의 상류계급 사회에서 유행한 이탈리아, 프랑스 등지로의 해외 유학형 장기 여행이다. 목적지, 숙소, 동행 안내인, 주요 활동 등 전반적인 일정이 사전에 기획되었다. 패키지형 투어이면서 개별적인 맞춤의 형태를 띤 것이다. 'tour'는 우리말에서 외래어인 투어나 관광으로 쓰이는데 'tourism(관광)'과 혼동을 가져오기도 한다.

근대는 본격적인 관광의 시기다. 1784년 제임스 와트(J. Watt)가 발명한 증기기관, 1830년 첫 여객 수송이 시작된 철도 등 산업혁명으로 인한 획기적인 과학기술의 발달은 대중관광 발전의 초석이 된다. 교통 인프라의 구축은 1841년 영국의 토마스 쿡이 기획한 최초의 단체 패키지 투어를 가능하게 했다. 대중관광이 꽃을 피우게 된 것이다. 이렇게 여행은 단체적 집단적인 관광의 시대로 접어든다. 관광은 산업화 시대의 산물이면서 점차 독립된 산업으로 발전하는 틀을 하나씩 갖추게 된다.

'tourism(관광)'은 라틴어 'tornare(순회하다)'에서 유래한 tour에 접미사가 붙은 것이다. 한 바퀴 돌아온다는 의미가 담겼다. 18세기 후반에 사용되기 시작하여 1811년 옥스퍼드 사전에 처음으로 등재되었다. 관광(觀光)은 중국 역경(易經)에 나오는 '나라의 빛을 본다'라는 뜻의 '관국지광(觀國之光)'에서 왔다. 19세기 후반 일본에서 영어의 tourism을 번역한 용어다.

여행과 관광은 다시 돌아온다는 공통점이 있다. 일반적인 이동이나 이주와 다른 점이다. 일상으로 다시 돌아온다는 것은 소진이나 탕진이 아니라 휴식과 재충전이어야 한다는 것을 의미한다. 새로운 눈, 새로운 에너지를 갖고 자신의 삶을 보다 의미 있고 활기차게 가꾸어 간다는 것을 뜻한다. 여행이든 관광이든 우리는 이를 통해 행복해져야 한다. 여행과 관광은 인간의 행복을 위한 그칠 줄 모르는 여정이다.

여행은 죄가 없다
– 감염병과 여행 자제령

여행이 사라진 시대에 히트상품으로 '여행'이 선정되었다. <트렌드 코리아 2021>에서 서울대 소비트렌드분석센터가 선정한 2020년 대한민국 10대 트렌드 상품 얘기다. 갑자기 막혀버린 해외여행을 대신한 국내 여행 열풍을 반영한 것이다. 자동차를 활용한 차박, 잘 알려지지 않은 여행지 발굴 등 새로운 여행 트렌드의 부상을 조명하여 '국내 여행'이 포함되었다.

세계적 대유행(팬데믹)은 우리의 일상생활을 송두리째 바꾸었다. 하지만 우리 시대만의 재난은 아니다. 대규모의 질병이나 감염병은 시대를 넘어 반복된다. 동시에 어김없이 역사의 변곡점으로 작용하면서 인류의 생활에 큰 변화를 일으켰다. 14세기 중엽 유럽을 강타한 페스트는 중세 봉건제를 무너뜨린 불씨가 되었고, 잉카와 아즈텍의 두 고대 문명은 생전 처음 만난 천연두라는 음험한 불청객에게 속수무책으로 무너졌다. 스페인 독감은 유럽의 퇴조와 미국의 시대로 이어졌다. 스페인 독감의 변종은 2009년 신종플루로 우리를 다시 찾아왔다.

감염병은 인류에게 피할 수 없는 생태적 변수다. 자연을 개조하는 인간의 유별난 능력은 생태계의 질서와 균형을 끊임없이 파괴했고, 이 과정에서 발생한 부작용 중 하나가 감염병이다. 지구의 주인은 인간이 아니다. 약 46억 년 전에 지구가 탄생했고, 그로부터 약 10억 년 후에 최초의 단세포 동물이 등장했다. 현재 지구상에서 가장 고등 생물인 인류는 맨 나중에 태어난 포유동물에 속한다. 유인원 시절부터 잡아도 수백만 년 정도로 지구 나이의 10만분의 1밖에 되지 않는 것이다. 지구가 오늘날 온난화를 비롯한 온갖 환경변화에 직면하여 몸살을 앓고 있는 것은 오로지 인간이라는 존재가 지구를 못살게 굴었기 때문이라는 지적이 많다.(예병일, <세상을 바꾼 전염병>(2015) 참조)

방역과 경제는 코로나 대재난이라는 어둡고 긴 터널을 빠져나가는 두 개의 수레바퀴다. 우리는 높은 시민의식과 체계적인 의료

시스템, 의료진의 헌신과 봉사로 코로나 파고를 넘어왔다. 이제는 안전을 최우선으로 생각하는 한국형 안심 여행을 준비해야 한다. 그런데 여행은 사회적 거리두기의 상향 때마다 '여행 자제령'이라는 경고를 받았다. 2020년 8월 중순에 정부가 추진했던 숙박과 여행 할인권 사업에 대해 일부에서 코로나 확산의 주범처럼 공세를 펼치기도 했다. 정부는 사업을 바로 중단했다.

여행은 집단 감염경로가 아니다. 중앙일보의 조사 결과(2020.1.20 ~8월 말)에 따르면 집단적인 감염경로 상위 7곳은 종교시설(46.3%), 집회(5.5%), 유흥주점(5.4%), 방문판매(4.6%), 요양시설(3.6%), 금융(3.5%), 직장(3.4%)이었다. 사람들의 이동을 뭉뚱그려 여행으로 생각했을까. 여행은 이동에 가깝고 이동을 수반하지만, 모든 이동이 여행은 아니다. '이동 자제령'이라고 해야 적절할 것이다.

여행하기 위해 설레는 마음으로 짐을 꾸려본 사람들은 안다. 특히 바이러스라는 재난 상황이라면 '여행해도 될까'라며 안전을 먼저 생각한다. 지금 상황에 걸맞은 이동 수단과 여행지, 여행 동반자에 관한 판단은 현명한 여행자의 몫이다. 그들은 가족 중심의 소규모로, 안전 수칙을 지키면서 조용한 곳으로 떠났다. 바로 여행 없는 시대에 여행이 히트상품이 된 이유다. 캠핑장이나 골프장에서 발생한 소수의 감염 사례는 이런 기본을 지키지 않은 경우가 대부분이다. 여행지에서 모르는 그룹끼리 어울리거나 골프를 친 후 단체 뒤풀이를 한 사람들이었다.

여행과 질병은 우리 사신을 돌아보고 반성하게 한다는 점에서 공통점이 있다. 우리가 고통을 겪고 있는 미증유의 감염병도 한편으로는 성찰의 계기가 된다. 우리 인류가 현재의 생활방식을 자연 친화적으로 바꾸지 않는다면 환경파괴와 감염병의 폐해는 갈수록 심각해질 것이다.

모든 분야에서 '지속 가능성'이 대주제로 설정되어야 한다. 인간이 자연에 기생하며 착취하는 것이 아니라 자연과 조화롭게 상생하는 것이다. 이제 떠들썩하게 몰려다니며 방문지의 평화를 깨뜨리는 관광객들의 행태는 사라져야 한다. 지역과 상생하는 공정여행의 목소리도 높다. 머리를 맞대고 서로에게 도움이 되는 방안을 모색해야 할 시기다. 코로나19를 계기로 바쁜 현대 생활 속에서 잊고 살았던 자신과 주변을 차분하게 돌아볼 필요도 크다. 균형과 절제, 품격과 배려를 생각하는 그런 여행을 떠나보자. 여행은 죄가 없다. 문제는 인간의 탐욕이다.

한류와 관광
- 지속 가능한 한류와 문화관광(1)

BTS의 인기가 뜨겁다. 2021년 빌보드 어워드 4관왕 소식에 'Butter'는 유튜브에서 최단 시간 1억 뷰를 기록하며 빌보드 메인 싱글 차트 '핫 100'의 1위를 차지했다. 배우 윤여정은 영화 <미나리>로 아카데미 여우조연상을 받았다. 영화 <기생충>이 칸 영화제 황금종려상과 아카데미 작품상을 받은 환호의 순간이 다시 떠오른다. 2022년에는 한국 영화가 칸 영화제 작품상과 남우주연상까지 거머쥐었다. 대단한 일이다. BTS는 해외에서 성공한 한국 가수 정도가 아니라 세계적인 팝스타 반열에 당당하게 섰다. K-팝을 넘어 이미 주류에 들어선 것이다.

2020년은 문화예술 분야 저작권의 무역수지가 사상 처음으로 흑자를 기록했다. 2021년은 사상 최대로 2년 연속 흑자를 보였다. 한류의 위력 덕분이다. BTS를 비롯한 K-팝, 영화와 드라마, 게임 등 우리가 만든 콘텐츠가 세계적으로 인정을 받고 있다는 뜻이다. 그간 할리우드를 비롯한 미국 대중문화와 문화 선진국의 상품을 열심히 수입만 한 것 같은데 어엿한 수출국으로 올라섰다. (다만 지식재산권 전체로는 적자를 벗어나지 못했다. 코로나로 비대면 활동이 늘면서 넷플릭스, 유튜브 등 인터넷과 미디어 플랫폼을 통한 문화소비가 크게 늘었기 때문이다.)

한류는 관광 측면에서 중요하다. 한국관광공사의 <한류 관광시장 조사연구>(2019)에 의하면 2018년 한류 관광객은 855만 명으로 관광객 전체의 55.3%를 차지했다. 방한 외국인 관광객의 절반 이상이 한류의 영향을 받았다는 것을 의미한다. 한국 관광을 결정할 때 영향을 미친 주요 한국 문화는 한국 음식(28.8%)과 K-팝(26.3%)이었다. 한국의 드라마(15.9%)와 뷰티(11.0%), 패션(4.1%)이 뒤를 이었다.

한류 관광객은 일반 외래객과 비교해서 충성도가 남다르다. 재방문 비율이 높고 여행할 만한 나라로 다른 사람에게 한국을 적극적으로 추천한다. 특히 한류 스타에 대한 개인 선호도가 높아

구가 간 정치니 외교 이슈에 민감하지 않은 편이다. 이들은 '가치 소비' 경향이 있어 평소에는 실속을 추구하더라도 의미 있다고 생각하면 과감하게 지갑을 연다. 패키지여행보다는 친구와 함께 여행하고 좋아하는 곳을 집중적으로 방문하는 소신파이기도 하다.

한류는 1990년대 후반 한국 대중문화의 해외 진출과 함께 시작되었다. 어언 20여 년이 흘렀는데, 과연 한류는 얼마나 오래 갈까? 명쾌한 답은 없다. 결국 우리 하기 나름일 테니까. 역사를 돌아보면 세계적으로 다양한 문화현상이 유행을 타다 사라지곤 했다. 여전히 영국이나 프랑스처럼 문화강국의 위치를 지키고 있는 나라도 있다(물론 예전 같지는 않지만). 태양과 정열이 상징하는 스페인 문화도 독특하고 강렬하다. 중남미 스페인어권 드라마인 '텔레노벨라'는 1950년대에 시작하여 라틴 아메리카의 독자 문화권 형성에 큰 역할을 했다. 일본도 19세기 유럽에 열풍을 일으킨 '자포니즘(Japonism)'의 전통을 이어받아 지금까지 만화 애니메이션 시장의 강국으로 군림한다. 영화시장의 경우 프랑스의 예술영화, 1970~1990년대의 홍류(홍콩 누아르), 인도의 발리우드 등 시대를 풍미한 다양한 조류를 볼 수 있다.

하지만 20세기를 넘어 현재까지, 세계의 문화판을 지배하는 건 미국의 대중문화가 아닐까 싶다. 할리우드의 아성은 그야말로 난공불락에 가깝다. 끊임없이 변신하며 세계의 눈과 귀를 사로잡았기 때문이다. 기본적으로 자본과 인재, 선진 시스템이 그 기반을 놓았다. 결정적으로는 자신들 내부만이 아니라 전 세계 지역과 민족, 역사와 과거에서 얘깃거리를 찾았다. 디즈니 애니메이션의 경우 <알라딘>은 아라비아 중동, <뮬란>은 고대 중국, <라푼젤>과 <미녀와 야수>는 독일과 프랑스의 동화에서 나온 이야기다.

그들은 시공간의 한계를 넘어 영역과 경계를 무한 확장했고, 미국산이지만 글로벌 대변자, 지구 방위대를 자임했다. 물론 바탕에는 그들이 추구하는 가치인 '아메리카니즘'이 깔려 있다. 미국 우선주의, 특히 백인 우월주의는 할리우드 시상식에서도 끊임없이 논란이 된 이슈다. 이런 장벽과 차별을 이겨내고 영화 <기생충>과 배우 윤여정은 세계무대에서 최고의 주목을 받았다.

지속 가능한 한류를 위해서는 무엇을 해야 할까. 다양하고 창의적인 콘텐츠가 핵심이다. 성공에 안주해 같은 패턴의 작품이 반복되면 그 효과는 오래가지 못한다. 홍콩 누아르가 '그 나물에 그 밥' 영화를 찍어내다가 1997년 홍콩의 중국 반환과 함께 세계

영화시장에서 존재감 자체가 사라진 깃은 새겨볼 일이다. 그해 1997년 초연한 <난타>가 성공하자 국내에 비언어극(넌버벌 퍼포먼스) 붐이 일었지만, 코로나 시국에 공연은 멈췄다. 비슷한 작품들이 과당 경쟁하면서 비언어극 시장 자체의 쇠퇴를 불렀다. 중국인 관광객 중심의 제한된 시장에 의존한 결과 한한령(限韓令)이라는 2차 파도를 만났고, 코로나19라는 직격탄에 쓰러지고 만 것이다.

결국 차별화된 콘텐츠가 최우선 과제다. 산업 환경과 인프라, 유통과 마케팅, 제도와 정책은 이를 끌어내기 위해 움직여야 한다. 우리 것을 담되 세계가 공감할 만한 문화를 만들어내는 것이 핵심이다. 세계 곳곳에서 창작의 소재를 끌어오면서도 우리의 방식, 우리의 색깔이 들어가야 한다. K-팝의 진화는 희망을 준다. 한국 기획사들이 콘텐츠를 일방적으로 수출했던 1세대, 해외 인재를 영입했던 2세대를 넘어 이제 해외 각지에서 K-팝 그룹이 기획 배출되는 'K-팝의 현지화' 시대로 본격 진입하고 있다. 한류가 지속되면 한류 관광이 활발해질 것은 자명한 이치다. 지속 가능한 한류를 꿈꾸는 이유다.

자포니즘과 한류, 누가 더 강할까
- 지속 가능한 한류와 문화관광(2)

일본은 오타쿠 강국이다. 오타쿠는 '만화·애니메이션 왕국 일본'을 지탱하는 뿌리이자 자양분의 상징이다. 2020년 일본 야노경제연구소가 발표한 자료에 따르면 일본의 인구 10분의 1인 1,200만 명이 만화와 애니메이션 마니아로 꼽힌다. 원래 오타쿠는 1980년대에 이질적인 취향을 가진 '특이한 사람들'이라는 부정적인 표현으로 쓰기 시작했다. 지금은 분야나 주제를 막론하고 어떤 대상에 심취해 있는 사람을 가리키는 말로 국내에서도 '덕후'로 널리 쓰인다. 일본의 '오타쿠노믹스' 3대 시장(만화·애니메이션·게임)은 한류처럼 외국인 관광객 유치에도 일조하는 등 연간 4조 엔 규모의 소비시장으로 급성장했다.

만화와 애니메이션에 강한 일본의 전통은 에도시대(17~19세기 중반) 목판화인 '우키요에(浮世繪)'에서 찾기도 한다. 우키요에와 만화·애니메이션은 2차원 공간을 균일하게 채색하고 상상의 세계와 환상적 공상적인 소재를 다루는 공통점이 있기 때문이다. 우키요에는 1851년 런던과 1867년 파리에서 열린 만국 박람회를 통해 유럽에 알려졌다. 당시 공예품을 포장하는 완충재로 우키요에가 그려진 종이를 사용했는데, 유럽인들에게는 이 포장지가 이국적이고 신선한 느낌으로 눈에 확 들어왔다. 그건 지금껏 접하지 못한 과감한 구성과 생략, 거침없고 과장된 표현이 주는 충격이었다. 우키요에 대표작 호쿠사이(Katsushika Hokusai)의 <가나가와 해변의 높은 파도 아래>(1832)는 이런 특징이 유감없이 드러난다. 집채만 한 파도가 후지산을 집어삼킬 듯이 소용돌이치는 모습을 보면 가슴속에 '뭔가 느낌이 팍 오는 것'이다. 서양 회화의 전통적인 문법과 규칙을 완전히 무시하고 대담한 파격을 즐기고 있는 것 아닌가.

이런 일본풍의 문화는 당시 유럽의 사회와 예술계에 일대 선풍을 일으킨다. 19세기 말에 30년 이상 유행한 '자포니즘'이다. 고흐와 모네를 비롯한 인상파의 간판스타 화가와 음악가 드뷔시 등 많은 예술가가 동양에서 온 이국적인 문화 사조에 빠져들었다. 미술사학자 곰브리치는 <서양미술사>에서 "인상주의자들이 새로운 소재와 참신한 색채 구성을 야심 차게 찾아 나가도록 협력해준 조력자"로 일본의 채색 목판화를 들었다.

20세기 들어서도 일본의 대중문화는 시선을 끌었다. 특히 일본의 영화는 1950년대에 황금기를 구가했다. 일본 영화의 거장인 구로자와 아키라 감독은 베네치아 영화제에서 <라쇼몽(羅生門)>(1951)으로 작품상에 올랐고, 은사자상 수상작인 <7인의 사무라이>(1954)는 할리우드의 리메이크작 <황야의 7인>(1960)을 비롯해 수많은 오마주를 받았다. 이후 오리엔탈리즘이 불러온 동양에 대한 호기심과 함께 일본 영화와 작가, 사무라이 정신과 같은 일본의 독특한 문화가 꾸준히 관심을 모았다.

근래 아시아 문화가 세계적으로 주목받은 사례가 이어졌다. 1980년대 <영웅본색>, <와호장룡> 등 홍콩 영화에 이어 장이머우 감독을 대표로 한 중국 영화가 부상했고, 1990년대는 일본 문화의 시대가 열렸다. 만화(망가), 게임과 함께 아시아와 일본 스타일로 팝을 재해석한 J-팝은 10여 년 동안 인지도를 키우며 집중적인 스포트라이트를 받았다. 음반 산업은 미국에 이어 세계 2위로 성장했다.

2000년대 들어서면서부터 그 자리는 점차 K-팝과 한국 드라마가 대신하고 있다. 한류가 국제무대에 진출한 것은 이제 20년 정도로 볼 수 있다. 한류의 성공 요인은 '한국인의 역동성과 디지털 인프라'로 요약된다. K-팝은 미국과 유럽 팝 음악의 영향을 받았으나 우리만의 독자적인 방식을 통해 응용과 재창조의 과정을 거친 것이다. 따라 하기 쉬운 춤 동작, 중독성 있는 멜로디, 현란한 뮤직비디오, SNS를 통한 폭발적 반응이 특징이다. 한국인 특유의 감성과 열정을 세계인이 호응할 만한 콘텐츠로 표현했고, 유튜브 등 소셜미디어와 디지털 마케팅을 통해 빠르게 퍼져나갔다.

한류는 지속 가능할까. 전망이 마냥 낙관적이진 않다. 다양하고 창의적인 콘텐츠로 세계적인 경쟁력을 유지해야 하기 때문이다. 결론적으로 한류 콘텐츠의 '공간적 세계화와 시간적 지속화'가 핵심 과제다. 그러기 위해서는 한류가 반짝인기나 열풍이 아닌 세계의 문화 주류로 꾸준히 인정받아야 한다. '변방의 북소리'로 그쳐서는 곤란하다. BTS는 한류 스타를 넘어 이제 세계 팝 음악계의 주류 반열에 올라서고 있다. 한 명의 스타, 한 번의 히트가 아니라 제2, 제3의 BTS가 계속 나와야 한다. 영화에서는 봉준호의 <기생충>과 윤여정의 <미나리>, 드라마에서는 <오징어게임>, <지옥>에 이어 제3의 스타와 작품이 계속 이어져야 한다.

중장기적으로는 대중문화 일변도의 한류에서 벗어나 확장성과

포용성을 가지고 발전하는 것이 중요하다. 순수예술, 인문학, 생활문화를 포함한 한국 문화 전반, 나아가 한국이라는 나라의 총체적인 호감으로 연결되도록 해야 한다. 미국, 영국, 일본 등 이른바 '문화강국'은 오랜 역사와 전통으로 다져온 문화 스펙트럼이 다양하고 국가적 기반이 탄탄하다. 미국은 팝과 할리우드, 영국은 브릿팝과 풍부한 스토리 콘텐츠가 강하다.

만화·애니메이션 왕국인 일본의 실력도 과소평가할 순 없다. 일본이 디지털 만화인 웹툰 시장에서는 늦었지만 '묵묵히 한우물을 파는' 장인 정신과 도제 시스템은 오랜 자산이다. 오타쿠는 바로 문화의 풀뿌리이고 콘텐츠 창조의 전사 역할을 한다. 노벨상 수상자를 보면 일본의 저력과 인프라를 확인할 수 있다. 총 28명의 수상자는 세계 6위, 2001년 이후 과학 분야 노벨상은 18명으로 미국에 이어 2위를 차지한다. 응용과 디지털 트렌드에는 약할지 모르지만 그들의 기초과학과 원천 기술 경쟁력이 어느 정도인지 가늠할 수 있는 지표다. 기초가 탄탄하면 쉽게 무너지지 않는다.

일본의 자포니즘은 19세기 말에 새로운 형식과 대담한 파격으로 유럽 문화계에 어필했다. 일본 영화는 사무라이 정신이라는 특유의 장르적 특성으로 서구 영화계를 사로잡았다. 또한 게임,

만화, 애니메이션 등 그들의 문화 포드폴리오는 다양하다. 예전 같은 기세는 아니지만, 일본의 움직임을 여전히 주시해야 하는 이유다.

우리도 한국인의 문화 유전자를 창조적으로 융합해 세계 속에 보편적인 가치와 정신으로 제시할 필요가 있다. 우리 민족은 특유의 정과 흥, 해학과 어울림의 문화가 특징이다. 대표적인 한류 드라마인 <겨울연가>와 <대장금>은 정과 예의(충), K-팝은 흥겨움과 역동성의 문화를 보여주고 있다. 우리는 시대와 환경의 변화 대응에도 빠르고 효율적이다. 이를 성공적으로 지속하기 위해서는 일본의 강점인 문화의 기초 체력과 오타쿠 정신도 배울 필요가 있다.

문화현상은 물처럼 흐르고 파도처럼 굽이치는 것이다. 한 군데 머물지 않고 자연스레 어디론가 흐른다. 한 나라의 문화, 한 가지 문화현상이 영원히 지속될 순 없다. 다양한 문화가 광활한 대양에서 조화롭게 서로 어울린다면 세계는 더욱 풍요롭고 다채로워질 것이다. 그중에서도 인류가 '한류의 물결(Korean Wave)' 속에서 오래도록 행복할 수 있다면 더할 나위 없이 좋겠다.

종교, 이슬람, 관광
- 지속 가능한 한류와 문화관광(3)

2021년 2월 대구 북구 대현동 주택가에 짓던 이슬람 사원 건축이 중단되었다. 밀집 지역에 종교시설이 건설되면서 생활 불편과 재산권 침해를 호소하는 주민들의 요구에 대구 북구청이 공사 중지 행정명령을 내린 것이다. 시민단체와 건축주는 건축 중단이 종교적 편견과 혐오에 따른 부당한 조치라며 소송을 냈고, 그해 12월 1일 법원(대구지법)은 북구청의 처분이 부당하다고 판결했다. 반대 주민들은 여전히 반대 뜻을 고수하고 있고 구청은 물리적 충돌을 우려해 갈등 중재를 고심하고 있다. 이슬람 사원 공사는 재개될 수 있을까.

우리나라는 인구 100명 중 44명이 종교를 가지고 있다. 2,155만 명의 종교 인구 중 98%가 3대 종교인 개신교, 불교, 천주교 신자다(2015년 통계청 조사). 나머지 원불교, 유교, 천도교와 민족종교까지 7대 종단이 매년 종교문화축제를 열 정도로 우리는 종교 간 화합과 협력이 잘 이뤄진다. 이슬람의 교세는 아직 미미한 수준이다. 국내 신도는 외국인을 포함해도 26만 명 정도에 불과하다. 이태원에 1976년 건립한 이슬람 중앙성원을 중심으로 전국에 총 26개 사원이 있다.

이슬람은 의외로 우리와 인연이 깊다. 한자권 밖에서 한국(신라)이

처음으로 교류한 외부인이 아라비아 상인들이기 때문이다. 서기 845년 이븐 후르다드비(Ibn Khurdadbid)가 펴낸 <왕국과 도로 총람>은 신라를 살기 좋고 풍요로운 나라로, 특히 금이 많은 곳으로 묘사한다. 서역 먼 곳에서 들어와 신라에 정착한 무슬림 상인이 신라 향가 <처용가((處容歌)>의 주인공인 처용의 모델이라는 설도 있다.

현대에 와서도 중동 건설 붐(1974~1980)은 우리의 경제성장에 숨통을 틔워준 특급 호재였다. 1977년 서울시와 이란의 수도 테헤란시가 자매결연을 하면서 이름 붙인 '테헤란로'는 이제 누구나 선망하는 노른자위 땅의 상징이다. 강남 불패의 핵심 거리, IT와 첨단 비즈니스의 거점으로 거듭났다.

스포츠에서도 관계가 남다르다. 월드컵 길목마다 중동의 고원과 모래바람은 넘기 팍팍한 난적으로 껄끄러웠다. 하지만 이슬람 국가인 터키와 우리는 끈끈하다. 2002년 월드컵 3~4위전은 승패를 넘어서 형제와 같이 진한 우정을 확인하는 자리였다. 1950년 6·25 전쟁 발발 시 참전한 유엔군 중 터키는 유일한 이슬람 국가다. 16개국 중 네 번째로 많은 병력을 파견해서 형제의 나라로 불렸는데, 이 인연은 실제 국내에 무슬림 공동체가 형성되는 직접적인 계기가 되었다.

개인적으로도 여행지에서의 기억이 많다. 20여 년 전 자동차로
여행했던 스페인 남부는 유럽에서도 가장 독특하고 이질적인
곳이어서 여행자들에게 인기가 높다. 알람브라 궁전을 비롯해
그라나다와 세비야 등 750여 년에 걸친 이슬람의 역사와 문화
유산으로 볼거리가 무궁무진하다. 세계적인 관광지인 인도의 타
지마할과 터키의 카파도키아도 명소 중의 명소다. 터키의 동굴
극장에서 만난 이슬람 신비주의 교파인 '수피즘(sufism)'의 세
마 댄스는 몰입과 무아지경의 극치를 보여줬다. 내게는 잊을 수
없는 순간으로 남아 있다.

인도네시아, 우즈베키스탄을 비롯해 이슬람 국가를 여행할 때 나는 틈나는 대로 주변의 모스크를 찾았다. 현지인들을 따라 경배의 예를 갖추며 분위기를 느껴보기도 했다. 여행지에 대한 호기심과 함께 문화적 종교적 관심도 작용했을 것이다. 낯선 곳에서 새로운 사람과 문화를 만나는 건 여행자의 설렘이자 행복이 아닐 수 없다. 그렇게 여행을 통해 이슬람 문화와도 자연스레 친숙해졌다.

이슬람 종교는 610년 아라비아반도에서 탄생한 후 계속 성장해왔는데 인구증가율을 고려할 때 앞으로 종교 중 가장 빠른 확산이 예상된다. 현재 140여 나라 19억 명의 신도(무슬림) 중에 60%가 아시아에 있다. 오늘날 이슬람이 주목을 받는 건 단지 종교만이 아니라 경제적인 측면에서 중요성이 크기 때문이다. 무슬림 지역은 풍부한 자원을 바탕으로 경제력이 탄탄하고 소비성향이 높다. 세계적으로도 고성장의 매력적인 시장으로 꼽힌다. '만수르'가 상징하는 중동의 오일머니는 글로벌 프로젝트 투자와 세계적인 프로스포츠팀 인수에서도 큰손으로 위력을 떨치고 있다.

한류와 관광 측면에서도 이슬람은 전략적인 의미가 크다. 근래에 우리와 관계도 가까워지고 있다. 방한 무슬림 관광객은 2019년

약 107만 명으로 전체 외래객의 6%지만, 2016년 이후 동남아 시장이 눈에 띄게 성장하는 단계다. 방한 중국 관광객이 크게 늘면서 한국 관광이 그간 중국 의존도가 커졌는데 결국 '한한령(限韓令)'으로 타격을 입었다. 동남아와 중동의 이슬람권 방한 관광은 지역적인 다변화와 시장의 외연 확대에도 크게 이바지할 수 있다.

한류의 중동 확산은 놀라울 정도다. 2003년 드라마 <대장금>은 중동에서 큰 인기를 끌었다(이란에서는 무려 90%의 시청률을 기록). 중동 여성들에게 장금은 롤모델이나 정신적인 멘토로 떠올랐고, 한국 음식 전파에도 절호의 기회로 작용했다. BTS는 2019년 10월 사우디아라비아에서 비아랍권 가수로는 최초로 스타디움 콘서트를 열었다. 현장은 문화 향유의 주체로 떠오른 (검은 아바야를 입은) 여성들의 환호로 가득 찼다고 한다. 국가 차원의 문화 개방과 사회 변혁과 맞물려 중동의 한류가 빠르게 점화되는 분위기다. 세계 경제와 문화관광의 허브를 지향하는 아랍에미리트에서도 한류와 연계된 이벤트 유치 노력이 활발하다. 한국국제문화교류진흥원이 발간한 <2020 한류, 다음>은 이 같은 이슬람 문화권 속 한류 담론을 의미 있게 조명하고 있다.

중동의 한류는 이미 본격화하고 있는데 이슬람은 우리에게 여전히 낯설고 이질적이다. 아무래도 그간 경제와 외교, 스포츠로 맺은 관계가 종교나 문화와는 따로 노는 느낌이 있다. 테헤란로는 익숙하지만, 이태원의 이슬람 사원은 어쩐지 멀어 보이는 것 같다. 테러리즘이나 무장 투쟁이 연상되는 이슬람 극단주의에 대한 거부감과 부정적 인식도 깔려 있지 않을까. 일부 과거 사례의 일반화보다는 이슬람 국가와 문화에 대해 차분하고 총체적인 이해가 필요하다. 한류의 다음 진출지라는 측면에서 먼저 상대국 정서와 분위기를 살펴보고 이에 적절히 대응하면서 상호 교류의 폭을 확대해가는 것이다.

이슬람교도는 독특한 예배 관습과 식습관으로 여느 종교와 비교해서도 여행지의 수용 태세가 중요하다. 한류 콘텐츠에서 간접적으로 접하던 한식을 직접 체험해보려는 수요가 높아지는데 한식이 이슬람 율법에서 허용한 '할랄'에 부합하는지 따져봐야 한다. 현재 국내 관광 접점의 무슬림 인프라는 69개소로 집계된다(기도실 56, 할랄 인증 식당 13). 국내의 수용환경은 세계 각국 중 현재 34위 수준인데, 지속적인 개선이 필요하다. (한국관광공사의 <2020 방한 무슬림 관광 실태조사> 참고).

이제 우리는 다문화사회를 살고 있다. 국내 체류 외국인은 2019년 말 사상 처음으로 250만 명을 돌파했다. 전체 인구의 4.9%에

해당한다. 요즘 서울의 거리를 거닐다 보면 외국 음식점을 어렵지 않게 발견한다. 서울 도심 곳곳에서 세계 각국의 사람과 문화를 만날 수 있다. 광희동 중앙아시아 거리, 이태원 무슬림 마을, 창신동 네팔 마을, 서초구 서래마을, 가리봉동과 대림동의 차이나타운, 혜화동의 필리핀 거리 등.

우리가 나가는 만큼 그들도 들어오는 것이다. 한류가 세계로 퍼질수록 세계도 우리에게 다가온다. 결국 한류가 지속 가능해지려면 일방적인 전파가 아니라 문화의 상호 교류와 협력이 필수적이다. 문화의 교류는 당연히 상대가 있다. 그들의 문화와 종교를 존중하고 배려해야 우리에게도 되돌아오는 것이다. 문화의 다양성과 종교의 다원주의 관점이 절실한 이유다. 이런 게 바로 지속 가능한 한류의 출발점이자 바람직한 방향이 아닐까. 이를 통해 장기적으로 미래 지향적인 공통 가치를 창출할 수 있다면 더할 나위 없이 좋을 것이다. 우리의 문화와 그들의 문화가 만나 보편적인 인류의 자산으로 발전하는 미래의 모습이 그것이다.

최고의 휴식, 깊은 산에서 멍때리기
- 종교와 관광, 산사에서 머물면 좋은 5가지 이유

2021년 여름은 길고도 지루했다. 연일 계속되는 무더위와 열대야는 새벽까지 이어졌다. 휴가철 이동량 증가에 4차 유행에 접어든 코로나 기세도 좀체 꺾일 줄 몰랐다. 당국의 거듭되는 '이동 자제와 모임 금지령'도 말발이 먹히지 않는 모습이었다. 1년 반 이상 누적된 거리두기 피로감으로 사람들은 지쳤고 더는 그들을 막지 못한 것이다.

지칠 때마다 나는 산으로 들어간다. 내가 즐기는 휴식은 '깊은 산속에서 멍때리기'다. 도심에서 벗어나 호젓한 산사를 찾으면 몸과 마음은 절로 정화되는 것 같다. 나는 불교 신자가 아니다.

종교가 아니라 휴식과 여행으로 떠난다. 산속의 절에 잠시 머무는 '템플스테이(이하 템스)'가 한일 월드컵 즈음에 시작되었으니 어언 20여 년이 흘렀다. 템스가 좋은 이유를 5가지로 정리해 본다.

1. 가볍다, 언제든 떠날 수 있다

템스의 최고 장점은 준비물이 별로 없다는 것이다. 개인 세면용
품과 간단한 옷가지 정도가 전부다. 지갑도 가볍다. 5만~6만 원
이면 1박에 삼시 세끼 제공에다 1인 1실의 호사(?)도 누릴 수 있
다. 방마다 대개 현대식 세면시설이 있어 지내는 데 불편함이
없다.

나는 10년 전쯤 템스를 시작해서 그간 10여 개 사찰에 머물렀
다. 한 해의 마지막 날 처음으로 입문한 공주의 영평사(지금은

세종시)에서는 강당 같은 방에서 여럿이 합숙했다. 그때만 해도 그런 숙소가 대부분이었는데, 큰 방에 둘러앉아 촛불을 켜놓고 각자의 인생 보따리를 하나씩 풀었던 기억이 난다. 한 해를 보내는 약간 쓸쓸한 느낌이 엠티 같은 분위기로 뒤바뀌면서 지금까지 따스한 기억으로 남아 있다. 지금 생각해보면 호랑이 담배 먹던 시절이 따로 없다.

2. 여행의 관점이 바뀐다

여행의 이유는 백 가지, 천 가지가 넘는다. 사람 숫자만큼 많을 거라고도 한다. 여행의 즐거움 중에 빠질 수 없는 건 먹는 것이다. 여행 준비도 자연스레 먹을 걸 바리바리 싸는 경우가 많다. 펜션이나 야외 캠핑장에서 바비큐라도 하려면 더욱 그렇다.

절에 들어서면 물론 스님 식단이다. 처음엔 먹는 게 걱정될 수도 있지만, 막상 숟가락을 들면 새로운 맛의 세계를 만난다. 영평사에서는 직접 담근 된장으로 만든 찌개와 음식이 참 구수하고 좋있다. 나물이 맛깔난 곳도 있고, 후식이 다양한 곳도 있다. 정성이 들어간 담백하고 소박한 찬이 어떻게 우리를 위로하는지 차츰 알게 된다. 템스의 미덕이라면 겸손한 수용의 자세를 배우는 것이다. 사람은 낯선 여행지에서 외려 세상을 배우고 감사를 느낀다. 뭔가 부족해도 색다른 여운이 남는다.

3. 그냥 쉬면서 원 없이 멍때린다

산사의 일정은 아주 단순하다. 먹고 자고 그 외 시간은 모두 자유다. 템스는 크게 체험형과 휴식형으로 나뉜다. 체험형은 사찰의 불교 관련 의식이나 행사에 참여하는 것인데 신참자라면 해볼 만하다. 휴식형은 최소한의 일정(오로지 식사만도 가능)으로 자유시간을 즐긴다. 코로나 시국엔 단연 휴식형이다.

이제 지친 몸과 마음을 달래며 충분히 쉰다. 누구 눈치 보거나 신경 쓸 일도 없다. 찐 휴식을 즐기려면 스마트폰은 가능한 한 멀리하는 게 좋다. 속세의 소란스러움에서 잠시 벗어나는 거다. 모든 걸 잊고 모든 걸 내려놓는다는 심정으로 자신을 만나보자. 최대한 게으르게 무위도식을 즐긴다. 황제가 따로 있나. 그렇게 멍때리며 지내다 종소리가 울릴 때 공양간으로 가면 된다. 책 한 권쯤은 가져가는 것도 좋다. 약간 말랑한 걸로.

4. 산속 여행지의 매력, 적막한 자연을 만난다

사찰은 대개 도심에서 멀다. 자연의 한가운데, 때로 산속 깊이 자리한다. 물 맑은 계곡을 끼고 있거나, 울창한 산이 절을 병풍처럼 둘러싸고 있다. 주변 오솔길을 따라 호젓한 숲으로 산책을 하거나 뒷산으로 한나절 산행의 기분을 낼 수도 있다. 산속에 자리한 절은 비대면 여행지로 손색이 없다.

경기도 고양의 흥국사는 서울 시내에서 가깝다. 북한산이 눈앞에 보이는 풍경이 참 멋지고 시원하다. 잠시 드라이브 삼아 방문

해서 북한산 정취를 감상하기에 좋은 곳이다. 시간 내어 흥국사 뒤편 둘레길을 따라 걸어보면 마음이 개운해진다. 숲길은 단아하고 나무는 청량한 기운을 내뿜는다.

5. 과하지 않은 인연과 스친다

사람 사는 덴 어디나 인연이란 게 있다. 코로나 시국의 거리두기 시즌에도 인연은 스친다. 템스를 하면 왠지 느낌이 다른 사찰이 있다. 접수를 하는 분부터 공양간의 식사를 준비한 손길까지 미 묘하게 오가는 마음이 느껴진다. 원하면 스님과의 차담 시간도 가질 수 있다. 커피가 아니라 느긋하게 차를 마시면서 대화를 나 눈다. 스님의 말씀을 듣기도 하고 내 고민거리로 인생 상담을 해 도 좋다.

스님들은 대개 사연이 특이한 경우가 많다. 인생의 쓴맛, 단맛을 본 후 이윽고 절까지 이른 분들 말이다. 태조 이성계가 왕위를 물려주고 수도 생활을 했던 경기도 양주의 회암사에서 만난 스님은 에너지가 넘쳤다. 영화배우 지망생이었다가 대기업에 근무한 후 늦깎이 스님 생활에 접어든 분이었다. 차담 시간에 합석한 처음 보는 모녀는 딸의 진로 문제를 진지하게 상의했는데, 서로 의견이 약간 달랐다. 딸은 연극배우로 첫발을 내디뎠고, 그 일을 계속 하려 했으나 모친은 평범한 직장을 갖기를 원했다. 스님은 두루뭉술하게 답변하지 않았다. "딸이 원하는 대로 자기 인생을 선택하게 하라."

하지만 이 또한 적당한 거리두기의 인연으로 대하면 된다. 만사를 폐하고 머물러도 되지만, 문득 사람이 그리워지면 절에서 만나는 분들과 눈길, 말길을 터보는 것도 좋다.

머리가 복잡하고 세상사 뜻대로 되지 않을 때는 템스를 떠올려 보자. 종교에 상관없이 머리를 식히는 휴식과 부담 없는 여행으로 시작해보는 것이 좋다. 고즈넉한 산사에서 자신을 오롯이 돌아보는 기회를 얻는 것으로도 충분하다. 다양한 문화와 종교의 다원성까지 느낄 수 있다면 더욱 의미가 크다. 우리가 가진 풍부한 종교 자원을 문화관광 측면에서 활용하는 것도 함께 고민해

볼 일이다.

종교 자원과 문화관광

템플스테이는 2002년 한일 월드컵 때 한국 전통문화 체험 행사의 하나로 시작했다. 그해 6월 한 달간 1만여 명의 내외국인이 참여하면서 여러 곳의 언론 보도를 통해 세계에 알려졌다. 2009년 OECD 관광 보고서는 전 세계 가장 성공한 5개 문화콘텐츠의 하나로 템스를 선정한 바 있다.

이 성공을 계기로 상설화해 지금은 전국의 140여 사찰에서 운영하고 현재까지 200만 명이 참여한 것으로 알려진다. 템스는 단순한 종교의 개념보다 우리의 긴 역사에서 불교가 가진 의미와 연결하여* 한국의 자연과 전통문화 체험, 휴식의 장을 지향한다. 당일형, 체험형, 휴식형이 있고, 체험할 만한 프로그램으로는 참선과 명상, 스님과 차담, 발우공양, 예불, 108배, 연등과 염주 만들기 등이 있다.

(*문화재청 자료에 의하면 현재 국가 지정 등록문화재 총 5,028점 중에서 종교별로 불교 1,567, 유교 118, 천주교 58, 개신교 36, 단군 신앙 3, 기타(비종교 포함) 3,248점으로 집계 된다.)

종교를 문화관광 자원화하려는 움직임은 다른 종교에서도 진행하고 있다.

한국 천주교에서는 2015년부터 수도원, 피정의 집에서 영성 프로그램인 '소울 스테이(Soul Stay)'를 운영한다. 템스와 비슷하게 비신자도 신청할 수 있다. 현재는 천주교 대구대교구와 안동교구를 중심으로 16곳에서 실시하는 것으로 파악된다. 개신교에서도 전국에 1,000개가 넘는 기도원 등을 시민문화공간으로 활용하는 '처치 스테이(Church Stay)' 운영에 관한 논의가 있다. 현재 시행되는 곳이 확인되지는 않는다.

치킨, 코로나, 여행과 관광의 미래

한국인이 사랑하는 배달 음식 1위는 치킨이다. '치킨공화국'이나 '치느님'이라고 불릴 정도다. 한국인이 이렇듯 좋아하는 닭의 일생은 알고 보면, 참 기구하다. 삼계탕이나 치킨용은 알에서 깨어난 지 불과 6주부터 도축되기 시작한다. 산란계는 A4용지 한 장 크기 케이지에서 평생을 갇혀 지내다 2년여 만에 생명을 다한다. 공장식 축산방식으로 그들의 삶은 햇빛 구경 한번 못하는 지옥처럼 열악하다. 조류인플루엔자라도 퍼지게 되면 '묻지 마' 식 살처분의 운명을 맞는다. 닭의 평균 수명은 8년, 천수를 누리면 20~25년을 산다고 한다.

인간은 질병과 떼려야 뗄 수 없다. 문명은 질병과의 투쟁의 역사라고 할 수 있다. 개나 닭 같은 야생의 동물을 가축화한 1만 년 전부터 질병도 생겨났기 때문이다. 일반 감기(말), 인플루엔자(오리), 장티푸스(닭), 홍역(소와 양), 천연두(낙타)가 다 그렇다. 14세기의 페스트는 중세 유럽 인구의 3분의 1이 사망하면서 봉건제 붕괴의 실마리를 제공했다. 현대사 최악의 팬데믹인 스페인 독감은 세계적으로 5,000만 명이 희생되면서 1차 세계대전 종결, 유럽의 몰락과 함께 미국의 시대를 열었다.

최근 들어 인수공통 감염병(사스, 에볼라, 광우병, 조류인플루엔자)과 고병원성 신종 변이 바이러스가 인류를 위협하고 있다. 잊을 만하면 반복되는 감염병의 원인은 무엇일까. 결국은 인간의 욕심이 초래한 재앙에 가깝다. 인구증가와 난개발이 부른 환경 파괴와 지구 온난화는 날로 심각해진다. 육류 소비 증가에 따른 공장식 사육방식의 확산은 생태계를 어지럽히면서 지구를 망치고 있다.

윌리엄 맥닐은 <전염병의 세계사>(2005)에서 두 가지 종류의 '기생(寄生)'을 말한다. '미시 기생(微視 寄生)'은 바이러스가 숙주(인간)에 기생하는 것이고, 인간 사이에 일어나는 '거시 기생(巨視 寄生)'은 지배계층이 힘없는 피지배계층을 '권력의 갑을관계'로 착취하는 것이다. 그렇다면 인간은 그들의 삶의 터전인 지구에 염치없이, 탐욕스럽게 기생하는 것은 아닐까. 부와 자본이 부른 개발 본능에 사로잡혀 쉴 새 없이 파헤치면서 생태계를 파괴하는 것이 과연 기생 아니고 무엇인가. 지구의 주인은 인간이 아니다.

관광에서도 개발 과잉 문제는 심각하다. 전 세계 유명 도시와 관광지는 '오버 투어리즘'으로 몸살을 앓고 있다. 내 '버킷 리스트'에 들어 있는 페루의 마추픽추는 해발 2,430m의 고원에 있는 잉카의 고대 도시다. 연간 관광객이 170만 명을 넘어 가파르게 늘면서 최근 입장객 수를 제한하기로 했다고 한다. 1950년대 17만 명의 주민이 살았던 베네치아는 연간 방문객이 2,800만 명에 달하면서 최근 인구가 5만여 명으로 줄었다(구시가 기준). 코로나19로 인해 관광은 사라졌지만, 운하의 물은 맑아졌다고 한다. 주민들은 자신들의 삶과 관광의 조화를 어떻게 이뤄 나갈 것인지 고민하고 있다.

코로나19는 이렇게 여행의 본질이 무엇인지 반성하게 한다. 윤리적인 여행 소비에 관한 관심도 크게 늘었다. 공정여행이나 책임 관광, 지속 가능한 관광이 모두 그런 흐름에서 나온 이슈다. 결국은 지역주민과 여행자, 환경과 생태계가 조화롭게 어우러지는 게 중요하다. 관광의 모든 주체가 서로 상생하고 공존해야 한다는 말이다.

이제 주변에서 하나씩 실천해 보자. 거창하게 '지구를 돌본다'라는 생각은 조금 먼 얘기 같다. 우선 여행하면서 그 지역 사람들의 삶과 문화를 들여다보고 어떻게 하면 현명한 소비를 할 것인지 따져보는 거다. 일상에서는 친환경적으로 생활 습관의 변화를 주면 좋겠다. 그중에서도 식습관은 중요하다. 맛있는 치킨과 달걀 요리를 당장 끊을 수는 없지만, 차츰 양을 줄여가면서 동물복지에 관심을 가져 보는 것은 어떨까. 가까운 데서 조금씩 환경을 생각하는 것이 결국은 지구의 평화에 이바지하는 일이다.